青霞小品

林青霞

北京日报出版社

献给亦师亦友的金圣华

序

林青霞书写的人生美学

第一次在餐会上遇见林青霞时，她已是出版三部书的名作家了。十八年前，偶尔半个转身，她不经不觉从电影巨星的红地毯一脚踏上文学的绿茵之路。餐会主人金圣华教授语我，"林青霞想见见本家大人"（圣华总爱如此称呼我），我当然欣然赴宴，并心中兴起董桥所说："我想我真的很想欣赏一下她的绝代风华。"一照面，我终于见到了传说中的林青霞，我立即感到白先勇说她的那份谪仙的灵气，不过多了三分东方不败的英飒，再一想，还是记起琼瑶那句——"永远的林青霞"。

二〇〇四年，林青霞写《沧海一声笑》纪念香江词曲才子黄霑在"哈哈哈"声中的仙逝。这是她初试啼声之作，她纪念的黄霑原本是最早邀她写专栏的，但青霞不敢答应，还是马家辉有缘，也有眼力，是他成为第一个说服林青霞写文章的人，青霞称他是她的"伯乐"。青霞第一篇文章发表后受到了许多朋友的积极反应，于是有了第二篇、第三篇……一发不可终止。二〇一一年出版了《窗里窗外》，二〇一四年出版了《云去云来》，二〇二〇年出版了《镜前镜后》，到了今日，马家辉发掘的千里马驰骋文坛已经十八年了。

　　林青霞写第一篇文章的那一年，她已经演过一百部电影，她已经荣获包括金马奖等多项奖项，她的影迷遍及海内外的华人世界，她已是耀眼的电影巨星。那一年，青霞风华无减，光彩逼人，而她没有挥一挥手，就告别影坛，悄悄地转了个半身，一脚踏进文学之门。

　　我本家金圣华教授说，林青霞不知她自己多有才华。青霞在文学上一直虚怀若谷，就像是一只"披着蝶衣的蜜蜂"，见到文坛中人，不论前辈或同辈，总是不忘讨教作文之道，先先后后，马家辉、董桥、白先勇、张大春、季羡林、林燕妮、蒋勋等，都因她的真诚，无不吐露一己文章的雕龙诀要，青霞悟性高，又肯转益多师，不知不觉间修成了林青霞独有面目的文体。十八年来，在青霞文学路上与她相伴相依、相濡以沫的是她的"缪斯"金圣华。她与圣华的交谈，会使她文思泉涌；她写就的文章，得到了圣华的肯赞，才安心送去报刊。青霞始终视圣华是"无形的鞭子"，她的三部曲是在"无形的鞭子"的鞭策下完成的。金圣华是逼使青霞认真对待自己的文学才华的那条"无形的鞭子"。

金圣华对青霞在写作上做了二件很有心思的事，一是不断扩大青霞的阅读范围（包括中国与世界的经典文学），另一是陪同青霞亲身接触到文化圈的大师级人物。多年下来，青霞的变化与成长是明显的，青霞今日的写作，最受赞赏的还不是"雕龙"的写作技巧的圆熟，而更是"文心"的美、善、境界的升华。金圣华教授说，"影坛的成就，历久弥新；文坛的发展，如日方中——这就是今日今时的林青霞"。金圣华的新著《谈心——与林青霞一起走过的十八年》的二十二篇文章优美地记录了林青霞由电影人转为文学人的故事。金、林十八年的《谈心》绝对是香港文学史上的一段佳话。我真喜欢林青霞对《谈心》所讲的一段话：

"刚才在车上把第二十二篇看完了，先给你一个回应，怕你等。要不是在车上，我真想站起来向这篇文章的作者，和她笔下的林青霞敬礼。我好像在看别人的故事，那个林青霞不是我，我感觉自己没什么大不了的，给你写成这样，但你写的事情又没有一件不是真的。"

　　继三部曲之后，林青霞又出第四本文集了。她说：

　　"我的第四本书，跟前三本《窗里窗外》《云去云来》和《镜前镜后》有些不同，主要是想着开开自己的玩笑，也希望在苦闷的疫情生活中博君一笑。因为都是些生活中的小事情、小细节，所以便取名《青霞小品》。"

　　《青霞小品》有二十一篇文章，我一一读了，我借用倪匡对青霞文章的评语，"好看"（倪匡把天下文章分为二类，好看与不好看），青霞是最不允许自己写令人沉闷的文章的。她的文章清畅、灵脱，叫人看了一节就想看下一节。写人物最难，她偏偏最擅写人物，还最会说故事，白先勇就劝她写小说。我不知青霞有无写长篇小说的念头，其实，青霞有好几篇小品，像《江云之间》《乳牛，小牛》《玫瑰的故事》《一条花裤穿三代》都是"短篇小说"，都可以是中学、大学的写作模板。

　　在这本小品文集里，青霞写自己生活中一个个 moment 的所感、所思、所悟，看来是那么自如、自放，但细心读，便知一行、一节都是用心经营的。好的散文，总有一个看不到结构的结构。青霞写的固然是身边日常的"生活"，但生活的苦乐到了深处，一进入"意义"层次，就变成了"人生"。青霞的小品，有的写生活多几分，有的写人生多几分。她曾矢志成为一个"生活艺术家"，而她每每多有人生终极的思考，《江云之间》写的是人生的无奈；《乳牛，小牛》感悟的是人生之无常；《笑着告别》是用笑声面对"不可知的死"的不惧不悲；《玫瑰的故事》讲种花人"老王子"付出、给予的人生观，只愿人间多一点玫瑰散发的美丽和愉悦。

无疑地，青霞写自己和身边周围的生活点滴是特别有趣的，当然，有时也会令人陷入沉思。《我的右眼珠》《感受……》《息肉 光头 中指》《手机》《书房 输房》《欧游惊魂记》《流星》《交心》《爱林泉》这些短篇，正面、侧面都让我们看到林青霞的本真、不矫饰、不设防，不在乎完美不完美，放下、付出、爱人，只想别人开心，还会幽默自己；当然，也会开别人的玩笑。这样的妙人妙文，谁见了都少不了几分喜欢，无怪乎"爱林泉"的影迷会会员对偶像会爱得如泉之涌，二十三年来，亦步亦趋，不离不弃，林青霞在他们心中定是"天下掉下的林姐姐"（我突然想起，"爱林泉"的"影迷会"应该扩充为"影文迷林会"了）。

读到《画我眼中的你》，知道青霞跟李志清先生学画有成后，有个小小的愿望，就是"希望能找个没人认识我的地方摆画摊"，我不禁赞美青霞追求"真我"自由的人生境界。写到这里，我必须说，青霞在《胆大包天》一文中，真正展现了她的一个人生境界。怎么说呢？《胆大包天》涉及我，说来话长，读者还是请读原文，一明究竟，何况《胆大包天》是一篇"青霞体"的美文。

《青霞小品》是林青霞书写的人生美学。

金耀基

二〇二二年八月十五夜

永康街的一抹彩霞

去年八月底,《明报月刊》总编辑潘耀明先生来电,说林青霞看到我在月刊的专栏,问我收不收画画学生,我第一个反应是,自己时间不多,近年也没有收学生,就婉拒了。他说先见见面认识一下再说吧!几天后耀明先生带着青霞到我位于永康街的工作室"青山水阁"。

门一开,先见到举止儒雅的耀明先生,然后一位跳脱的女士从身后闪出,真鬼马!看见我的室号"青山水阁"她说:"嗯!同样有一个青字!"

进得室内,耀明先生坐在我的对面东拉西扯说着话,这位鬼马漂亮的女士就站在旁边,并没有坐下,眼溜溜捕捉画室上的东西,对每一样事物都好像饶有兴趣。这些举动,像极了我,从小我的性格也是对任何事物都充满好奇,尤其到一个新的地方,也是东张西望,不放过每一样事物。我想:嗯!好有趣的林青霞!然后她的眼睛又飘向书柜,想是看一下我平日所读的是什么。看到她熟悉的朋友作家,眼神嘴角也得意起来!谈话正酣,她刻意走到另一边,耀明先生细声问,如何?放心!青霞这个人学东西很认真的！这个时候我还能拒人千里？只好说："好吧！我们一星期上一课试试。"就这样算是收了这位学生。

自此我跟青霞每星期上一课，一课两小时，第一课她带来一片茶饼送给我，是上次细心看到我的茶案，知道我爱喝茶吧！还是拜师礼？我并没有教开学生，没有什么讲义之类，每次我们上课都是随兴教，随兴画，东西画理、国画水墨、西洋速写，毕加索、马蒂斯、常玉、黄胄、八大山人，任意所之！寻找她的兴之所在。其实青霞很有自己的想法，她喜欢充满情感、简单精炼的线条。我问她，学画的目的是什么？她说希望可以随手用画笔记下触动自己的情景，如诗人作家以他的文字记录所思所感。青霞思绪细腻，内心情感丰富，天生就是一位艺术家。

某天课后约好一起晚饭，跟青霞车去，甫一踏出画室，她把背上上课的那个重甸甸的大包包递过来，嫣然一笑，十足是个调皮的小学生！明白为什么金耀基教授说她胆大包天！饭局中谈到青霞学京剧的事，大家请她高歌一曲，一瞬间青霞像踏出虎度门，清唱起来，进入剧中人物角色，我忽然觉得背后锣声鼓响，仿佛置身京剧氛围。坐在我旁的雷兆辉医生，细声跟我说："记性真好！怎么记得那么冗长的歌词！"我说这是她的专业嘛！青霞在演艺事业经年，功底深厚，人生阅历丰富，近年对写作又全程投入，文章写得越来越好！文学、戏剧、绘画，有许多共通点，一理通百理明，触类旁通。绘画之道，匠气容易，练得一千几百次人人都会一手，有气韵有灵气难。青霞学画没两三个月就有好作品，出手不凡！如果能够悟通，她不只是大明星、大作家，将也是位大画家！青霞这个阶段，不需为生活操劳，自由自在做自己最喜欢的事，书画文章是很好的精神寄托，享受生活，活出真我！

忽然间，仿佛回到了她天真无邪的那个岁月年华，那里同样有一条永康街，她成长的永康街！

李志清于青山水阁

二〇二二年春

李志清绘

自序

写作之路的贵人

第一本《窗里窗外》是写在稿纸上，调度段落需要剪剪贴贴，很花费时间。第二本《云去云来》里只有一篇是用电脑打字出来的，我是电脑白痴，断断续续地打，思绪也不完整，非常伤脑筋。自从杨凡介绍我用 iPad 的 App 写作，直到现在我都是这样写文章。原来我认识的三位知名大作家董桥、白先勇和金耀基至今都还是写在纸上的。

回想十八年前初开始写作，我还不会使用电邮，那时也没发明微信和 WhatsApp，我经常从夜半写到天明，早上六七点就传真给朋友，然后睡觉等响应。现在方便多了，用 iPad 调度段落只需一秒钟，涂涂改改也方便。手指一按，无论电邮、微信、WhatsApp，一分钟之内上海、香港、台北、巴黎、纽约、新加坡、瑞典可以同时收到，并且即刻得到响应。

写作让我的改变很大，我会关注身边和周围所有的人、事、物，并投入感情。任何事都可以成为我的写作材料：女儿的狗狗安乐死，我特别赶回家陪伴她并见证这个过程，我会去查安乐死的资料，了解这个生死历程，也为女儿和她的宠物留下纪念，写成一篇文章，名为《感受……》；我的右眼珠动手术的时候，心里想的是可以把整个过程写进文章里，所以不觉得手术可怕，后来将这个经历写成《我的右眼珠》一文；手机掉进湖里，我的心情起伏很大，也意识到自己的反应很不寻常，充满戏剧性，便以这个体验作为《手机》的开头，小女儿劝我最好别登，她很酷，认为手机掉了这么小一件事，哪里需要写一篇文章刊登；《玫瑰的故事》也是捡到的题材，在澳大利亚的玫瑰园见到主人，感觉他有故事，因此数次前往拜访；一直想写篇关于打麻将的文章，正巧看见五岁小孙女认真打牌的可爱相，灵感不期而至，很快写成《书房　输房》一文；《流星》里那两个故事，早前曾经分别写过，自己总不满意，这次借着天上划过的流星就把两个毫不相干的故事串在了一起；还有，我学京剧学画画这些事都成为自己书写文章的素材。

　　我和金圣华经常在电话里聊写作题材，聊完大家分头去写，写完再交换意见，开心得不得了。她一直是我信心的源泉，每次我把文章的开头读给她听，或是将初稿传给她，得她认同后，便更加有信心把它完成。其实圣华对我的文章比我自己有信心多了。每当我写不出东西的时候，她的提示和鼓励有如醍醐灌顶，当堂令我茅塞顿开。

　　都说写作是一条寂寞的路，可写作治愈了我的寂寞症，当我全情投入写作之时，我忘了什么是寂寞。每完成一篇，我会发给

SWKIT 邓永杰摄影

五湖四海各路英雄，跟大家研究、讨论，听取他们的意见，经常兴奋得睡不着。

我的第四本书，跟前三本《窗里窗外》《云去云来》和《镜前镜后》有些不同，主要是想着开开自己的玩笑，也希望在苦闷的疫情生活中博君一笑。因为都是些生活中的小事情、小细节，所以便取名《青霞小品》。

在此我想谢谢几位在写作的道路上，给我最真诚最宝贵意见的英雄们。

谢谢台湾的幸丹妮，是她最早鼓励我写作，我每篇文章她都仔细地阅读不止一次，在我还没爱上读书的时候，她便送我一套《蒋勋说红楼梦》的有声书，还有一套用小楷写在宣纸上、又轻又软、方便拿着歪在床上看的《红楼梦》，并嘱我要把这书放床头，每天翻一翻。她不断地从台湾寄书给我，我的书架最开始放的书，几乎都是她送的。我写《窗里窗外》只是回忆我在影圈的日子，她指点我要往里面挖，要有自己的思想，当时我都没看过几本书，也实在挖不出什么来。

谢谢上海的贾安宜，她是我最认真、最忠实、最热情的读者，每读一篇，都很兴奋地与我分享她的感受，有时候也帮我看看错字，提一点意见。

谢谢香港的王冰，她看完我的文章后会默默地传 WhatsApp 给我，把我文章不顺的地方捋一捋，经她捋过之后通顺很多，但她很谦虚，让我不要告诉别人。

谢谢香港的赵夏瀛医生，她总是不厌其烦地写上大篇读后感，仔细表达她阅读中的所思所想。

谢谢新加坡的余云，她有数十年做编辑的经验，有一双锐利的眼睛，可以在最短的时间指出我文章的错字和标点符号问题，并提点我补充内容丰富层次。她特别喜欢看书，只要读到好文章必定传给我，看到好书也会推荐给我，自认识她以后，我多数是一整套一整套地买书。

谢谢瑞典的江青，她总是有话直说，绝不拐弯地给我批评指教，启发我重新思考。

谢谢港大黄心村教授和正在巴黎工作的胡晴舫给我写作上的宝贵意见。

谢谢董桥，我每篇文章定稿后传给他，总会获得两句金玉良言。

谢谢金圣华，我的缪斯！如果没有她的鞭策，书店里就不会有林青霞写的书，我的人生也就不会那么有趣。

谢谢金耀基校长、李志清老师在百忙中抽空为我的新书写序。

最后，要谢谢白先勇老师，他不时肯定我的写作，还口头颁我一个作家奖。

他们都是我的好朋友，也都是我写作之路上的贵人。

二〇二二年六月十一日于印度尼西亚巴厘岛海上

一条花裤穿三代

　　七月七号晚上十点半，我在跟台湾《中国时报》资深主任洪秀瑛讨论九号要登的文章《顽皮孩子倪匡》，同时与"爱林泉"的小朋友通信息，选他们的画刊登，忙得不亦乐乎。等一切都搞定，时间到了十一点，趁金圣华还没睡再跟她聊聊，通完电话已是零时时分。船上大家都睡着了，我走到甲板，坐回每夜画画那个固定的位置，晚风拂面，在群星伴月下，偶尔传来海浪拍打着船边的声音。

　　突然门开了，女儿爱林对着手机边行边讲话，没听清楚她讲什么，但见她在哭泣，于是上前问个究竟。她哭诉工人把她的猫关在了房间里，我心想这有什么好哭的。她把手机丢在桌上，我赫然发觉鲜红的烈火和滚滚浓烟从木头屋角燃烧着，我心头一紧，那是我们家大屋啊！随后念头一转，一秒钟的时间，我抱着女儿说我们应该感恩，一家大小祖孙三代都在船上，一个都不少。后来知道屋里的工人都安然无恙，更是松了一口气。

　　按照原定计划，我们七月十五号从印度尼西亚回到香港，在酒店隔离了七天，二十二号凌晨踏出酒店大门，见到司机时我恍如隔世。

推着行李回到半山书房，进门第一眼见到的是餐桌上灰色圆托盘里放着的一条小花裤，托盘里有腰带、项链，还有一些杂七杂八的东西，这也太奇怪了，在这种情况下，小花裤竟然辗转出现在托盘里，又这么当眼。

我拎起小花裤，轻轻地抚摸着，即使客厅里堆满了一个个大塑料箱子，我的心已飘到遥远遥远的过去。

从我记事起，母亲几乎天天趴在窗边的裁缝机后面，为村里的邻居做衣服。她手很巧，上过几次缝纫课，就能做出令人满意的衣裳，我和妹妹小时候穿的都是妈妈亲手做的，她总是做两件一模一样的，给我和妹妹一人一件，还会设计花样，肩膀的蝴蝶结，袖口的荷叶边。现在想想，如果她能有机会好好地上服装设计课，绝不会输给一般设计师。

这条花裤子改装前是我年轻时在台北穿过的，价格非常便宜。我婚后生下第一个女儿，母亲从台北到香港来探望我，带来这条裤子，她把它改小了，可爱极了，我非常喜欢。爱林一岁多的时候穿上它，我满心温暖，感受到妈妈的心思，第二个女儿生下来又接着穿，女儿们都长大了，我把它好好地收了起来。

二十几年过去了，继女嘉倩生了老大，我把花裤子找出来，高高兴兴地给孙女穿上，第二个孙女接着穿。在不同的时间里，这条小花裤穿在女儿们和孙女们身上，承载着欢乐的气息，也总是令我想起自己的母亲。

SWKIT 邓永杰摄影

两年前我问嘉倩，这条小花裤还在吗？没想到她竟然记得，还找了出来交给我，我顺手放在衣柜抽屉里。这场大火竟然没有烧到它，还以这样出其不意的方式迎接我的归来。我捧着小花裤仔细端详，起毛了，也难怪，穿了三代，我闻了一下，没有被烟熏的味儿，拿到洗手间用肥皂水把它搓干净，晾干后塞在衣柜抽屉中间，说不定爱林和言爱以后生了女儿还可以穿。想着当时家里没有缝纫机，母亲是怎么改的呢？剪裁比例这么好又这么结实？穿起来肯定是舒服的，不然小孩子不会那么喜欢穿它。

　　这条小花裤就这样穿越了三十多年，每次小宝贝穿上，我都要说一说小花裤的故事，虽然母亲不在了，她那一针一线的情意绵延不绝，传递到了第四代。

　　大火没烧到我的房间，我房间里最多的就是衣服和书，这些东西都搬来了我的半山书房，堆得满坑满谷的，几乎成灾了，自己都吓到，没想到我有这么多衣服。施南生准备搬家，她说，只要两年以上没穿过的衣服就会送人，她说她的秘书和工作人员，平常不舍得买衣服，收到她这些剪裁好、料子好的衣服都很开心。我说，两年？两年很快就过了，衣服有时都还没穿到，她说你每天穿的不过就是表面那几件。是的，有些衣服不舍得粗穿，穿来穿去就那几件。

这次最大的感受是，身外物真的不需要这么多，佛家说得有道理，人总是需要的少想要的多。于是我把秘书、管家、会计、助手、女儿和她的朋友都请到我那儿，让她们尽情挑选自己喜欢的衣服、鞋子、包包。我兴高采烈地帮她们挑选搭配，她们试上身到走廊电梯口照镜子，高兴得飞舞起来，见她们穿得漂亮，我直拍手叫好。每个人离开的时候，都欢天喜地地拖着一袋袋装满衣服的红白蓝胶袋，没挑走的就一股脑儿地打包给工人。这么皆大欢喜的事真是何乐而不为，两三天就把摆满整个客厅的衣物清理得干干净净。

不过，女儿言爱在为失去以前学校穿过的制服哭泣，她是最重感情的，从四岁一直到高中都在同一所学校。那些年年月月穿过的制服她都收藏着。原来再名贵的华衣美裳都比不上有纪念价值的衣服，那才是我们珍而重之想要保存的。

二〇二二年七月三十日

将
进
酒

火烧大屋，朋友最担心我的珠宝、衣服、书本有没有损失。熄火之后，我第一个反应却是，墙上挂的《将进酒》有没有烧毁，秘书说一墙之隔，《将进酒》墙这边没事，墙那边却烧得光光的。火势没有蔓延到我的房间，书、画、衣服都还在。

　　金耀基大校长的书法了得，他是金圣华的好友，我请圣华帮我约见，校长知道我因为喜爱他的书法而求见，想送我一幅字，问我希望他写什么，我冲口而出《将进酒》。想想有点后悔，这么多字让八十六岁的校长写也太难为人家了，于是我改口喜欢"胆大包天"四个字。过没多久，他让我司机去他家，说他有一样东西给我。我收到厚厚的黄皮纸公文，回到卧室慢慢展开来看，天呀！这是李白的《将进酒》，真是太感动了，摊开来好长好长，金体书如千马奔腾一气呵成，没有一个笔误，我闻着墨香从头到尾诵了一遍，这要多大的心力才能写成的啊。后面还有一小段说明文字。

　　"林青霞赞我字美，状甚真恳，我说写一幅赠你，并问喜欢写什么，青霞脱口说《将进酒》。

　　"今晚元祯做了好菜，我饮了满杯金门陈高，兴子一来便濡笔写酒仙太白的《将进酒》，青霞赏读时，当饮尽美酒一杯，不忘与太白打个招呼。"

　　我激动得"呼女将出换美酒，与尔同销万古愁"，刚好家里做了我最爱吃的白灼东风螺，女儿端出陈年茅台，一杯下肚，热肠滚滚，已是人生。

　　张叔平对我真好，他也欣赏金校长的书法，帮我拿去托底，镶上窄窄的木框，衬托得笔墨更加强劲有力。

　　火烧之后，金校长听说我最担心《将进酒》是否完好，他见我处之泰然就放心地说："我就知道林青霞水火不侵，林青霞就是林青霞。"我说他写的《将进酒》有神功，他说："哇！真是火神也有心眼。"这令我想起一件有意思的事，我告诉他："你知道

金耀基校长与我

吗？我们这个大屋的地段，是我三十年前拍《东方不败》的外景场地，这里就是东方不败的大本营。"

《将进酒》抹去灰尘完好无缺，搬到了我的半山书房，挂在大厅最当眼的位置。那天请了金耀基夫妇、董桥夫妇和金圣华到我半山书房喝下午茶。金校长坐在书桌旁，食指和大拇指托着下巴，抿着嘴望向《将进酒》，似乎很满意地自言自语："嗯，这幅字没有什么差错。"

李白的《将进酒》是我最喜欢的一首诗。我欣赏诗的气势磅礴、豪迈潇洒，对山河、对生命、对交友、对金钱都有他独到的见解，通篇充满人生哲理，读了非常畅快。记得八十年代去巴黎，春末夏初时节，正值欧洲大减价，那才是真正的减价，货品都在五折以上。我到了 CHANEL 店，简直买疯了，从头顶到脚底板的衣物全部买齐，花了很多钱，真是又兴奋又心疼。跟朋友晚餐，座上有范曾，他见我心疼，念了两句诗"人生得意须尽欢，莫使金樽空对月",我听了眼睛一亮,那我就不用愧疚了,即刻开怀畅饮。他接着吟唱"天生我材必有用,千金散尽还复来"。当下打定主意,回香港把花掉的钱都赚回来。结果回港接了一个剪彩活动,赚了我花的数目的两倍以上。一千多年前的李白真有先见之明又洞悉世情,难怪他写的诗历久不衰。

二〇二二年八月

（左起）童桥、董太、金圣华、我，金耀基校长和金太

书房

输房

别的国家有的，中国都有，有一样东西是中国人发明，别的国家没有的——麻将！

有一次出国旅行，导游说做中国人真幸福，还以为他接着会说中国如何如何强大，他竟然说的是"中国人有武侠小说"。他肯定是金庸迷。我低头暗忖，那我也可以说"中国人真幸福，因为有麻将"。

过中国年，最大的娱乐是理所当然的赌小钱，大人也会故意输一点给小朋友。我九岁就上桌打麻将，还挺起劲的，妈妈说这样好，小孩放假不会出去乱跑。

高中毕业后进入娱乐圈，连睡觉时间都没有，别说打麻将了。嫁做商人妇，忙碌的生活突然安静下来，每天待在家里不出门，先生怕我闷，就安排我跟朋友打牌玩。打麻将真是迷人的游戏，加上我有偏财运，即使技不如人，也能常常赢。

先生送我的半山书房，头几年变成了输房，不是我输，是人家输。麻将房里挂的是施南生送给我的六十岁生日礼物，一幅融合《东方不败》和《龙门客栈》的造型画，上书"I know you will never forget me"（我知道你永远不会忘记我）。每当我吃出一百多番的奇牌，其他三人望着墙上的东方不败就发抖。奇牌有自摸大三元混一色的对对和，牌友即刻站起来到凉台抽烟。有起手十三幺单吊东风，四张内自摸的，一位七十多岁、打了一辈子麻将的牌友说她从来没有见到过这种牌。有海底捞月一筒自摸十三幺，我摸到那颗大圆饼，"吧嗒！"一声拍在牌桌上，吓得大家一颤，我说"这牌治病"，其他三家说"你的病好了，我们就病了"。朋友见我牌运亨通都说难怪我这么喜欢打牌，但是我不愿做个不事生产只会打麻将的人，通常打完牌我会有灵感写篇文章，或看看书，以不负这书房之名。

　　打麻将也可有领悟的，这就像是四个人的舞台，从这舞台可看出大家的性格脾气。有的阔太，请客万元不眨眼，买卖股票、房地产上亿的赚，可一上牌桌小小的数目可计较了，输了区区几千元脾气来得个大。我心想她输的也真太大了，不过输的不只是钱，是风度，弄得人人都不想跟她打。我常劝她，就当这是娱乐费吧，还有三个人陪你玩，但她就是想不开，搞得自己很不高兴。

SWKIT 邓永杰摄影

有的朋友不是那么富裕，无论输多少，还是笑眯眯，非常受欢迎，牌品好的人多数性格都好。我是笑看人生，唯一不受欢迎的是，打得慢还要赢。有一副牌我独听一张卡二条，对家听八对半叫八张牌，摸到最后只剩几张牌时我自摸了，二条最容易摸，我牌都不看就敲在桌上，气得他退出我的麻将群。另一个同栋大厦的邻居，在我那书房输太多次也退了群，宁愿舍弃下电梯穿拖鞋睡衣就可到达的地方，而去坐出租车到别的地方打。因为我赢麻将名声远播，牌友都怕了我，不愿来我家。我只有远征到外跟三位真正的大高手打擂台，结果连输十几场，自信都打没了，原来一山还有一山高，明白这道理，我从此封牌，闭门看书、写字、画画、唱戏，不亦乐乎。

香港疫情吃紧，所有娱乐取消，家人天天在一块儿，白天打乒乓球，晚上女儿邀我跟她们打小牌，我是陪太子读书，输当然照付，赢也得付钱，连五岁的小孙女都上了桌，她打得可认真了。现在的小孩真聪明，一学就会，还会看生张熟张，人家打张生牌，她会摇摇头说 dangerous。有一次见到她公公，一个大男人站在一个小小女孩后面，吆喝着为孙女助阵，我看他做大生意时都没那么肉紧。小孙女要水喝，因为她平常不肯喝水，大人告诉她喝水就会和牌，所以她一听牌就要喝水，一口接着一口，每摸一张牌公公就"嘿！哈！"地叫，随后又"啊呀"一声，因为没摸到好牌，"啊呀"了好几次，我沉不住气地大叫："宝贝儿！你要学姥姥用力摸牌才会自摸！用力！用力！"孙女紧张地用小小的手，抓着很大的广东牌，用尽吃奶的力，按在牌桌上慢慢地拖到自己面前，"吧嗒！"一声，学着姥姥的东方不败架势拍在桌上，大家凑前一看卡张独听二万，看牌的、打牌的全体鼓掌，翻开牌还是大牌呢，混一色，孙女得意得小脸通红。

小孙女爱上了麻将，常常一缺三找脚，我是一定陪打的，她有一副自己的小麻将，大家坐在地上打，你有没有见过含着奶嘴打牌的？她含着奶嘴、摸着牌、抱着一樽水，偶尔还要回头看看电视，但是也不会忘了上牌，并且不会漏碰，在姥姥眼里，这五岁的小姑娘真是水晶心肝聪明人。

曾记得有一年圣诞节，施南生请大家到当时的九龙丽晶酒店

去吃法国圣诞大餐，因为客人中只有我和黄霑住香港，于是黄霑被指派做我的护花使者。圣诞夜车子过隧道会很塞车，我们两人选搭天星小轮过九龙，下了船人山人海挤得不行，黄霑拉着我的手，也几乎被人潮冲散，我当时有种感觉像逃难。之前听朋友谈起过，香港地小人多，都住在像火柴盒的高楼里，如果过年过节大家不打麻将，都跑到街上站着，那会是什么状况？

　　白先勇跟我说，麻将真是我们的国宝，他也爱此道，也想写一篇麻将经呢！

二〇二二年四月

画孙女

中中中

三萬

青霞
2022.04.18

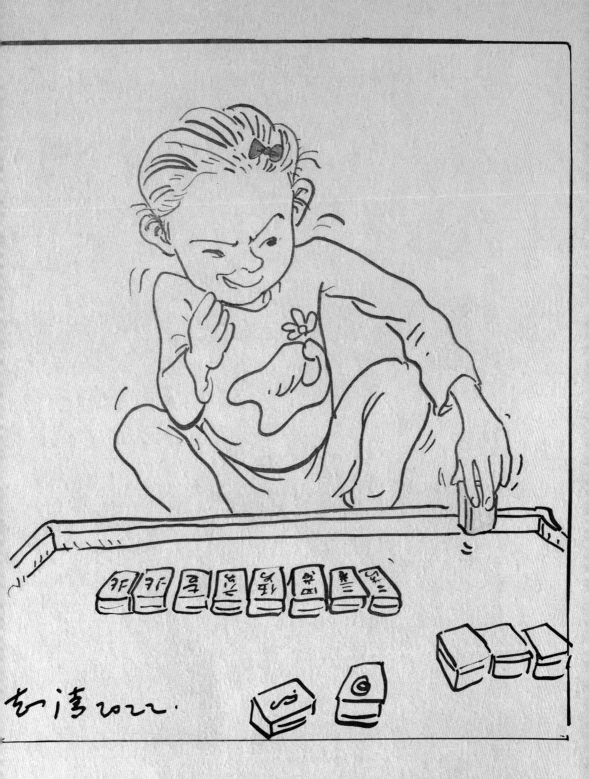

李志清绘

息肉 光头 中指

我有三位相识数十年的女朋友，她们有许多共同点：都是单身，都是美人，都是七十多岁，都生活无忧。

　　一个是儿时所看电影《菟丝花》《塔里的女人》的女主角。还没认识她之前，听说她出入大酒店，门口许多门房都低头哈腰地招呼她，因为她小费给得多，一出手就是五百大元。她生活富裕，不愁吃穿，人生哲学就是吃喝玩乐。跟她见面的第一印象就是病西施，老捧着胸口说痛，后来也常听她这痛那痛的，几十年过去了也不见她生过病。跟她出去旅行，坐飞机总是随身一个手推车、一个大包包，我则轻松地背着个小包包，好奇地问她，里面到底装的是什么？原来是许多药和随时保佑她的菩萨，有时走在她后面见她拎着大包小包的，感觉她健壮得很。她非常注重身体保养，香港各大名医都相识，每年健康检查的费用比我多十倍。那天跟她通电话，她说："老妹呀！你老姊照肠胃镜剪了六个息肉！"那"六个息肉"声音提得老高，我当然知道息肉不算什么，但还是安慰了一下，约她出来逛街。见了面她又以同样的语调提了两次她那"六个息肉"，我再也说不出安慰话，决定吓吓她，我说：

"老姊！你不要再提你那'六个息肉'了，说多了，人家一想到你，脑子里就是'六个息肉'，你想这样好吗？"她一听确实吓到，嗫嗫嚅嚅地说："你老姊只跟你讲欤。"

这第二个女朋友，学生时代看了许多她的电影。白景瑞导演的《新娘与我》，电影里几个她头戴新娘头纱的大特写，美得直叫我屏住呼吸，说不出话来，从来没见过这么美的脸蛋儿。前一阵子，从朋友的朋友的朋友处得知她动了脑子手术，脑壳都打开了，吓！这可是大手术，怎么一声不响就开了脑壳？打电话慰问，她以一贯甜美的笑声说："这有什么好说的，说了对我一点帮助没有，还得费神解释。"原来她是从沙发上起身，头脸撞到沙发扶手，整个脸瘀紫，去检查，医生说脑子里都是血水，得马上开刀，她当下就决定动手术。问她脑壳有没有拿下来，她竟然说不知道。传了一张照片给我，一半是长头发，一半是光头，就像"文革"时期的阴阳头，我建议她把头剃光，难得机会看看自己光头的样子，她雀跃地说："好像蛮好看的，我明天就去剪。"后来约她喝茶吃饭，她戴着一顶不怎么样的紫色帽子，说是朋友送的。啊呀！

汪玲与我

甄珍与我

我心想，她在《一帘幽梦》里戴了多少美丽的帽子，这会儿怎么一点都不讲究，我顺手从车上拿了一顶我的帽子给她。

这第三个女朋友，我在一九七七年拍《金玉良缘红楼梦》的时候，跟她有过一面之缘，名字不记得，只记得她很美，老想着有机会再见见她。没想到再相遇已经是十几二十年后的事了，竟然大家都记得多年前的刹那交会。她天生皮肤白嫩，十指纤纤，穿的衣服全是名牌，并且从来不重复，手指甲永远修得干干净净。她是个虔诚的基督徒，经常到朋友家查经。一天，去教友家查经，被她家的柴犬咬了手指头，我想狗咬手指是小事，也没太注意。后来听说她住了四天医院，医药费十万元，心想，至于吗？其他朋友传了照片给我，确实咬得深。我这个女朋友，在疫情初期是警觉性最高的，除了戴口罩，还预先发明用透明公事夹做脸罩，进出电梯一定喷消毒水，她说她孤身一人，一定要自己照顾好身体。

经过狗咬手指这个无妄之灾，朋友天天进出医院动手术、刮骨头（细菌侵入骨头）、打抗生素。目前正在做复健，医药费已累积到之前的三倍，狗主倒也肯赔偿，我朋友一分钱不拿，会全

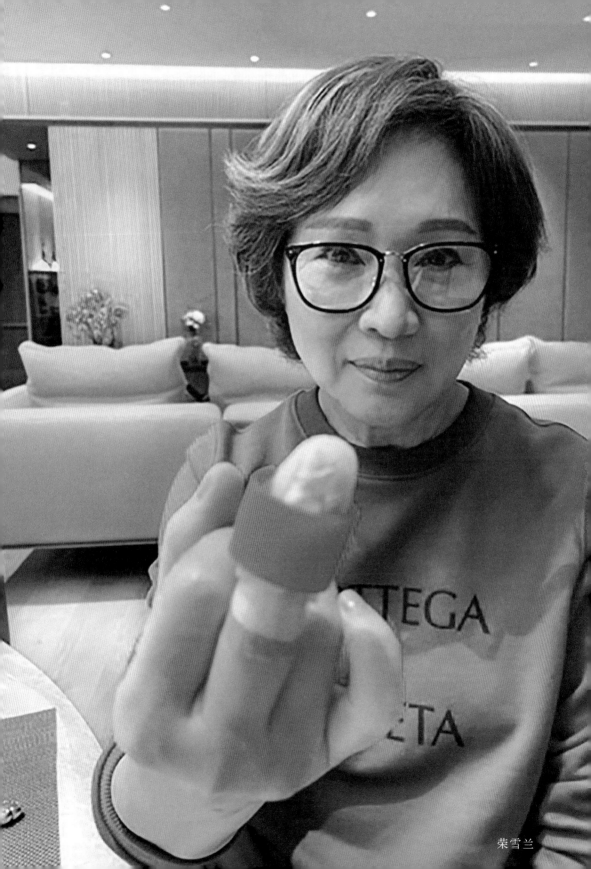

荣雪兰

数捐做慈善。由于韧带几乎咬断，神经线也受损，她美丽的中指将永远不能伸直。她虚弱地跟我说十指连心，不光是痛，生活上很多事情都不便，两个月抗生素的副作用，将来还要面对后遗症，她情绪跌落谷底，说这内心的创伤岂止金钱可以弥补的。看起来，这狗咬手指头比开脑袋还大件事。

在紧急时刻，狗主没有接受急症科医生的提议，找骨骼专科医生医治，而使她错失黄金时间打抗生素，事后又没有得到狗主的安慰，她身心受双重打击，听说得了忧郁病。我到她家探望她，人消瘦许多，讲话有点颤抖，见她包扎成好大的中指，不听使唤地抖起来，她得一边说话，一边用左手扶着右手。我说："这样好了，你把手指竖起来，我给你拍张照传给狗主人。"拍完照给她看，我俩"嘎嘎嘎嘎嘎！"笑得好大声。她说："唉！这是我受伤以来笑得最开心的一次。"

有一天，朋友去医院复诊时，刚好碰到狗主人的女儿也去看诊，原来狗主的女儿也被同一只柴犬咬了。过一阵我又打电话慰问，听她声音闷闷儿的，我说怎么了，她说心情不好，牧师和教友来探望她，我问牧师怎么说。她说牧师讲："神已经出手了。"我："？……"

　　其实我们四个都是熟朋友，说话也不忌讳。我跟"息肉"说，你看人家"光头"吭一声没有。我跟"中指"说，你这狗咬手指头，现在还得赔上个忧郁症，双重创伤，多不值得。我跟"光头"说，你除了光头，好像什么都没发生过，照常开心过日子，没白活！

二〇二一年七月

我的右眼珠

"啾——啪！"的一声，羽毛球的橡胶皮圆球正中我的右眼珠。

又是右眼珠。

当年拍《龙门客栈》被竹剑击中右眼珠，后来拍《刀马旦》时演我父亲的曾江道具枪走火，火星子打中的又是我的右眼珠。

我本能把球拍一丢，捂着眼睛往旁边走，一会儿感觉好点又继续打球。打完球还和朋友到连卡佛百货公司闲逛，突然间眼前全是黑点点，像一盘黑散沙。打电话给刚才一起打球的施南生，她叫我快去看医生，我才警觉，立刻联络唯一认识的眼科医生林顺潮，他多年前和我先生在海南岛办"亮睛工程"，一年内做了两万多个免费白内障复明手术。我和林医生吃过几次饭，他是贫苦出身，印象最深刻的是听他说他十二岁时帮家里送货，最怕是送货到徙置区的天台学校小食部，一箱箱台湾话梅，每箱五十包，每包一斤，加上木箱一共七十多斤，非常重，他小小的身体得先蹲着把话梅箱从地上搁到大腿上，再架到肩脖，一路爬上天台。几十年前的事，细节竟然记得清清楚楚，相信少年时那刻骨铭心的锻炼，令他强壮了，并增强了斗志力。因为他的努力，最后成为一位眼科医生，并担任二〇〇八年在香港举办的世界眼科大会主席，凭着"林顺潮"三个字，在内地开办眼科医院，后来居然还上了市，听说这是世上极少数做眼科做成上市公司的例子。电话那头医生低沉的声音："这件事可大可小，你现在过来吧。"老实说，我真有点受宠若惊。这么日理万机的人，在我需要的时候正好有空又正好在诊所。

我一点没有怪失手打到我的朋友，但她知道我眼睛的状况，飞扑到诊所来陪我，还抱歉地跟医生说她是罪魁祸首，弄得我倒不好意思起来。医生检查后拍拍我的肩膀告诉我问题不大，滴一个星期的抗生素和另外两瓶眼药水就会好的。机会难得，我顺便检查看有没有白内障，听说放了芯片能同时治好老花眼，看书不用戴眼镜。医生指着刚为我拍摄的眼睛照片，说我黑眼珠中间那一片灰色就是白内障，我当下约了两个星期后动手术。

回到家里女儿们都问我眼睛有没有事，原来南生早已传了讯息给女儿，要她们关心一下妈妈。爱林主动要求陪我做手术，又一次让我受宠若惊，虽然不觉得需要，但感觉很温暖。我们这一

与林顺潮医生在其诊所合照

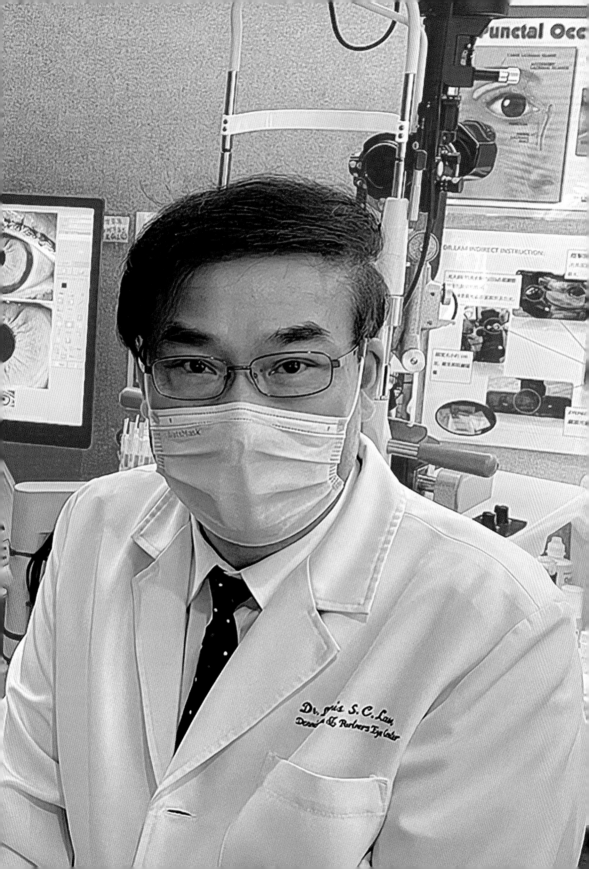

代人生活条件好了，从来没想过劳烦孩子为我们做些什么，只问自己为孩子做得够不够。

凡是进入诊所的人，都得在门口量体温和填表格，有个女孩过来帮忙。见她低垂的侧脸，一头秀发披肩，口罩半遮面，只见她黑白分明的大眼睛和一闪一闪的长睫毛，又见她穿的一件肉色风衣，衣身上有几层同色的薄纱做点缀，在诊所工作的人有这样的穿着倒是少见。到了动手术那天，也是她招呼我，她在前面领路，我在后面欣赏这位妙龄女子，这天她里面穿的是浅杏色的蕾丝长裙，外罩一件黑西装，脚踩四寸高跟鞋，鞋底是红色的，她身材高挑，高跟儿一踩，真是鹤立鸡群、高人一等。她手捧着活页夹"哼！哼！哼！"走得又稳又快，我穿着舒服的平底鞋跟在后面，简直佩服得不得了。诊所里坐满了求诊的病患，看样子都等了很久，神情木木的，从进门到医生的办公室有一段很长的距离，看到这样美丽的一道风景线，大家精神为之一振。林医生的房门打开，走出两位中年贵妇，见到这位女子，笑着说她可以去选世界小姐，这位美女大概听得赞美太多，也没太大反应，要是我肯定要高兴半天。

我被安排在一个小办公室里等着动手术，也好，可以静静地跟女儿谈心，在外面这样跟女儿相处的机会很少，总是心慌慌的怕狗仔队跟拍，所以我们不太一起出门。从五点开始做检查、滴了许多眼药水，预计六点动手术，以为很快就可以走了，没想到等到七点，护士说还有十一个病人等着，女儿因为约了人有点焦急，我叫她快去，别让人家等她，我一个人没问题的。

房间里有位林医生的助手，我见她在休息，就跟她聊天。我说刚才见林医生低着头写报告，病人一个接一个，都没停过，他一定很累，她说是的，林医生上班都是早上进门，中午不吃饭，一路看诊到晚上。我讶异地问："中午不吃饭怎么能扛到晚上？手不会抖吗？"她淡淡地说："不会，他只是断食 keep fit（健身），不用担心。"我请她建议医生去找人按摩松松筋骨，她微微一笑："不如你去说吧，我们说他不会听的。"我端详这位女助手，夸她身材保持得苗条，她说想胖，胖不起来，太忙，然后告诉我她一天的作息，我建议她多吃饭和水果，加上做运动就会结实长肉，她说没时间，我因为做普拉提学会运用日常的起坐锻炼身体，当场示范如何用大腿、小腹和臀部的肌肉起身和坐下。

八点了，大厅里的人都走光了，医生还没出来。我来了几趟都没有好好观察诊所的环境，东看看，西看看，突然发现墙上贴着一张白纸黑字的告示："由于林顺潮医生在香港看诊及手术的时间有限（每周只有一天），非常抱歉，林医生已停止接受一般新、旧症预约（如有手术需要或属疑难病例者则例外），病人可选择别的眼科医生看诊，而当有特别需要的时候，可由医生转介给林医生看诊或做手术，我们会尽量安排。"

　　快九点了，医生终于来到手术室，我躺在手术椅上，后面播着音乐，也不知道是什么乐曲，没听过，可能是医生习惯用的音乐。医生拍拍我的肩膀，先给我个安慰，说手术快要开始了，若眼睛有痛或呼吸有困难，就要告诉他，否则，听听音乐就不会害怕，我坚定地说："不怕！"自从开始写作，对周围的事物都会产生好奇心，也常想着感受身处的环境，以收集写作素材。我的左眼被遮住，右眼被一样东西撑开了，让你没法眨眼睛，突然听见医生严肃的声音提高两度，请护士把音乐声开大点，让我听清楚一点。我一点也不怕，对医生有信心，任由他"宰割"。虽然音乐声很大，我仿佛隐约听见红底高跟"廓！廓！廓！"的声音，又仿佛听见两块生铁在我眼珠里搅拌的声音，感觉我的眼珠是 oyster（牡蛎），正被刀叉夹来夹去。可能我太放松了，医生叫了我两次，要我看正前方。时间一分一秒地过去，医生终于收手了。我问，手术完成了吗？他说，是的，我松了一口气说，上次左眼只花了八分钟，这次好像十几分钟。医生很准确地说，七分四十九秒。天哪！这叫分秒必争。

我右眼包着纱布，独自走出中建大厦的后门，绕出短巷道，中环依旧灯火辉煌，疫情中口罩遮住半张脸，帽子一戴，自由多了，我为自己能够独立自主感到高兴。

第二天去拆纱布，太奇妙了！眼前的景物清晰明朗，小字也看得清清楚楚，对我来说，最重要的是看书清楚，我冲口而出："I'm so happy!"医生也欣慰地笑了。

我开心地打电话给"肇事者"谢谢她，我说："塞翁失马，焉知非福！"

二〇二一年六月于香港

交心

第二十二篇，完结篇，金圣华刚刚传给我，新鲜热辣，我迫不及待地拿着手机，就着车上微弱的灯光，一颠一颠地看起文章来。车子转进大屋，我正好看完。时间过了晚上十一点，圣华怕是在培养情绪睡觉了。每次跟她通话超过十一点，她兴奋过头就睡不好，第二天精神很差，因为我总是逗得她哈哈大笑。

　　"刚才在车上把第二十二篇看完了，先给你一个回应，怕你等，要不是在车上，我真想站起来向这篇文章的作者，和她笔下的林青霞敬礼。我好像在看别人的故事，那个林青霞不是我，我感觉自己没什么大不了的，给你写成这样，但你写的事情又没有一件不是真的。"我冲进家门立刻回了她这个短讯。

　　二○二○年至今，八百个日子，金圣华至少七百五十天都待在家里，足不出户。这对我有个好处，随时可以找到她，她接到我的电话总会把手边的工作停下来，跟我闲聊半个至一个钟头，这八百个日子通了一千多个电话，有时候一天两三通，也总是在愉快的情绪中结束。我们的朋友非常好奇，怎么天天讲还有得讲？要知道，一个长期受众人注意的人，如果能够遇到完全可以信任的朋友，是非常珍贵的，更何况是谈得来，互相给予养分的朋友。

在新冠病毒弄得大家草木皆兵、人心惶惶之际，为了安定自己的心，读书、写作是我们的避难所，我们每个月会交一篇文章给《明报月刊》，在交谈的过程中，她决定记录下我们相识相知的十八年。在我们相处的日子里，一句不经意的话语、一个小动作、一起拜访大师们的经历，经过她的生花妙笔，即刻串成一篇篇鼓舞人心的动人故事。在她的文章里，除了我们两人的情谊，还可窥知一位位大师的风范和学识，还有一些跟故事有关的故事，让读者除了看见林青霞不为人知的真面目，同时也增长了见识。

圣华是位学者，可能写惯论文，对故事的时间、地点和真实

青霞《談心》

金圣华与我（SWKIT 邓永杰摄影）

绘金圣华

聖華留念
青蕾
2022.06.16

性抓得非常准确，是花大功夫的，虽然过程辛苦，但精神是愉快的。在疫情加剧的枪林弹雨中，她不停地谢谢我，说是因为写我，让她的日子在快乐中度过。香港疫症的人数破万时，她更是催自己尽快完成这二十二篇文章，及早交稿，结集成书。她对瞬息万变的状况有迫切的危机感，血压上升到一百五十，我劝她见招拆招，坏事不一定会发生，先把自己搞成这样可不好，她这才定一定神，同意我的说法。我常常幽自己一默，这个按钮屡试不爽，总能把她逗笑，她笑了我就可以安心挂电话了。

一直向往自己能够成为一个文化人，看完圣华的二十二篇，原来在我跟她交往的十八年中，经她引见，不知不觉中结交了许多文化界的好朋友，是真正的好朋友呢，不是开玩笑的。蓦然回首，我的大部分朋友竟然都是大作家，看样子我一只脚已经踏入了文化界。

　　《谈心——与林青霞一起走过的十八年》，这个书名非常切题，我和圣华都见证了对方人生中的酸、甜、苦、辣，如果她没有记录下来，日子过去了，也就没了痕迹。其实很多事我都忘记了，难为她记得那么清楚。一个大博士肯花这么大的心血把我的生活点滴记录下来，丰富了我的生命，其实真正该感谢的是我。但是最重要的是，看这本书的人，能从书中得到一丁点感悟、一丁点启发和一些知识，相信金圣华就算是再辛苦，内心必定是充满喜悦的。

二〇二二年三月

爱林泉

我是个怕麻烦、怕负责任、怕有压力的人，所以从来反对影迷们为我组织影迷会。

　　二〇〇五年收到"林青霞影迷会—爱林泉"送我的第一份生日礼物，不记得是怎么送到我手中的，一本印制精美的"爱林泉林青霞影视画册"，里面有许多我拍过电影的剧照，除了回顾自己过往影剧生涯的岁月，我更讶异于他们制作画册所花的心思、所费的功夫，因此对这个影迷会留下深刻的印象。之后的每年十一月三日前都会收到"爱林泉"寄来的心意小礼物，每一份礼物都有巧思、都是惊喜，我一一珍藏着。第一只苹果手机的外套壳子是他们送的，上面印有我《蜀山》电影的仙女照，我非常喜欢，套在手机上，看着好开心，iphone换了十几代，那个套子已不适用，还仍然放在我的床头。一个东方不败鲜红迷你口罩，比我嘴巴还小，搬了几次家，依然留在我的书架上，出出进进总能看到那个小红点。一套木制书签，对着灯光会透出《窗里窗外》《云去云来》和《镜前镜后》我三本书的名字，书签手工精致，伴着我消磨了无数个读书的夜晚。

　　二〇一一年在香港会展中心的《窗里窗外》新书发布会演讲台

SWKIT 邓永杰摄影

上，一眼就看到台下"爱林泉"举着助阵的大红布条，那些小朋友来自许多不同城市。之后在各地的书展都看到"爱林泉"的身影，我的新书出版他们也跟出版社联系大量团购，听说这些年办了许多场我的电影播映和许多跟我有关的活动。

"爱林泉"成立于一九九九年，二十三年以来，这个团体一直都存在，义无反顾地默默关爱着我，这种只求付出不求回报的真情实意感动了我。常常因为自己受到如此惠泽却无以回馈而深感歉疚，又不知怎么做才恰当。

六年没上微博，忘了密码，上不去，二〇二〇年出版第三本书《镜前镜后》，出版社神通广大，竟然接通了。对于上网这件事实在不熟，慢慢摸索着，有一天突然发现微博里有"林青霞影迷会—爱林泉"，即刻点进去，那是二〇二〇年十一月二十二号三时三十三分，他们称之为"空降"。

进群最大希望是能够在这个园地里大家都有所得着，都能帮助对方成长。

"爱林泉"的氛围是欢乐、进取、幽默、各显才艺、互相鼓励、

SWKIT 邓永杰摄影

互相安慰、接受和给予祝福的地方。每次上去，看到他们被我逗得哈哈大笑我就高兴，其实他们也常常逗得我开怀畅笑。

群里有人生日、考试、结婚、面试都会得到我的打气和祝福，让他们充满信心地度过所要面对的关键时刻。有人生病也会得到全体的关怀和祈福。

入群的时候我正在减肥，常常把午餐拍给他们看，去山顶行山会拍个背影，我称之为"贝多芬"（背多分）传上去。看到美丽的花朵、特别的叶子、好看的风景、家里来的白鹭，发现好吃的陈皮花生、咖啡巧克力、锅巴和蛋卷都会想着"爱林泉"，跟他们分享。他们非常容易满足，除了偶尔要求个"贝多芬"，其他也不奢望。减肥成功，我拍了一些照片，觉得挺好看，即刻传给"爱林泉"，不让他们饿照片饿太久。

群里有三个暗语，以便在街上偶遇的时候知道是自己人。第一个暗语"我是女人"，第二个暗语"我不是林青霞"，第三"我是大美人"，无论男女都以这三个暗号为准。现在既然公开了，只好再换密码。

群里卧虎藏龙，才艺出众，有的会写书，有的会看病，有的会画画，有的会刻章，有的会唱歌，有的会弹琴，有的会写毛笔字，还有会写诗会打拳的，并且都是职业水平呢。我收到许多剪接加配乐的视频，欣赏得不得了，一看再看。读到群里的好文章就忍不住传给我熟的杂志社和报社，也有成功登出来的。什么都不会的也会得到我的鼓励做最好的自己，群里的人都有个共识，就是做最好的自己。大家聚在一起全是因为爱，因为爱而变得单纯、变得善良。

我学唱京戏，群里要我教，我就一句一句教，我唱一句让他们跟一句，耐心地教完一首老生《三家店》，虽然各个荒腔走板，还是认真学唱。有一位唱得非常好，她知道我在学这一出，已经自学了，比我唱得更好。有一位哲学老师不好好学，用讲的，我佯装生气下线，群里又是一阵"哈哈哈"……

我学画画，会传一些画的素描上去，大家也拿起画笔画我，互相欣赏评论。

我会跟他们一起做梦。

"你们至少要陪我二十四年，二十四年后我九十岁我们到瑞典去。"

"为什么去瑞典？"

"拿诺贝尔啊！做梦又不犯法。"

然后每个人高高兴兴地给自己编派工作，所有能想到的职位都被霸占了，没有抢到的就负责打小强。还假装争先恐后地要在有利的位置跟我拍照，我打趣地说，"美女"和"万人迷"一个站最左边，一个站最右边，不可抢我风头。"那我丑，可以站在你旁边吗？"我用激将法："站在我旁边的必须得是拿过文学奖的……"这样也能嘻哈好一阵子。

在疫情蔓延厉害的二○二一年元旦，一个傻大姐在风雪过后，突发奇想从大学宿舍跑到雪地里，写下我的名字、爱林泉、元旦祝贺词，一大堆字……后来发烧感冒了好久，我知道后又好气又心疼。

这两个月，每个星期我会发一篇金圣华写的《谈心——与林青霞一起走过的十八年》给"爱林泉"，要他们在一个小时内写好读后感，我会尽可能地回复他们。圣华大博士有学问，文字好，内容丰富，大家在阅读文章的同时也能增进知识和练习写作，一举数得。

"爱林泉"每晚十一时三分关灯，大家休息，不得再发讯息，非常严格，通常我会在这之前跟大家道晚安。最近才知道，选在十一时三分原来有另一层意思，因为我生日是十一月三号。

疫情下，日子一天天过去，在这充满正能量充满爱的园地里，蓦然回首大家已经快快乐乐地过了一年。这一年我领悟到"爱"的unlimited，不是分出去就没有了，就少了，而是越给越有，越付出越多，我更懂得爱我的朋友和家人，更喜欢带给他人快乐，并深深感受到让别人快乐，会增加自己内心的充实和愉悦。

点入"林青霞影迷会—爱林泉"，会跳出这样的句子："爱林泉代表着喜爱林青霞的人们，就像泉水一样汇集在一起，源源不绝。"
是的，我感觉到滴滴自然清澈的泉水在我心中流淌，我再把汇集的
泉水回流给他们，让大家都得到滋养，希望泉水源源不绝茁壮自己
造福人群。

二〇二二年一月

印度尼西亚火山上的云层

江云之间

我这一生中演过唯一的一部舞台剧《暗恋桃花源》，让我在演艺生涯中上了很重要的一堂课，从此我的演技往前跨了好大一步。

　　《暗恋桃花源》一九八六年在台北演出，女主角云之凡由赖声川导演的太太丁乃竺饰演，一九九一年第二代云之凡由我饰演。这是一出长青剧，从开演至今已经有三十五个年头，这三十五年里不时推出，每次上演必定场场爆满。网络上说这出戏在学校演过一千多场，曾经有一万多人参演过。

　　经常有人赞美我记性好记得住电影台词，这对我来讲太容易了，电影是一个镜头一个镜头拍，拍摄时只要记住一个镜头的台词就行了，记不住可以重拍。反而舞台剧要记住整出戏的对白，咬字要清楚、响亮、标准，不能吃螺丝，没有的话得 NG 重来。

　　赖声川导演敢把这么吃重的角色，交给一个没有上过演艺课程、没有演过舞台剧、上台又怯场的我，这对我是极大的鼓励和不可思议的挑战。虽然当时我已经演过八十三部电影，对于直接面对现场观众表演我完全没有把握，一点信心都没有，但是导演的信心就是我的信心。

　　赖导演是个慈悲、善良、有能量的人，他要求所有演员都把对方当作自己家人。确实，这是个团队，大家要朝夕相处一段很长的时间，台上如果有人出错，也要能够随机应变自救救人，互相给对方打气加油。

　　我们每天下午会到排练场排演四个小时，导演坐在一张小桌子后面，桌上一罐可口可乐、一支笔、一个笔记本、一个剧本，演员则在那个大房间里对着导演排戏，导演用启发的方式指导演员，从不示范演出。

　　早年拍电影多数是导演示范一次，演员就照样演一遍，白景瑞导演和李翰祥导演最喜欢这样导戏，演员在摄影机前练习几遍就上阵。

　　原先对饰演江滨柳的金士杰已有深刻的印象。在我演《碧血黄花》的时候他是幕后工作人员，有一个镜头是我和导演丁善玺夫人萧蓉坐在床边，演一段很长的感情戏，导演叫放音乐，乐声响起，哀怨动人，我们边演边流泪，但是 NG 了很多次，因为每次戏没演完音乐就停止了，我要求音乐放久一点，只见靠墙坐在地上的金士杰苦着脸说："导演，这不是录音机，是我吹的口哨，我只会这么多。"

《暗恋桃花源》剧照（照片由表演工作坊提供，蔡正泰摄影）

金士杰是个杰出的舞台剧演员，对我这个舞台新手非常有耐心，陪我重复的排练并小心翼翼地给我提意见，生怕伤害到我。

我把自己当作新人，每天认真地排戏，只告诉自己，不能病，一病就什么都完了。连续排了四十五天，排到快要演出的日子，我突然丧失了所有信心，情绪非常低落，导演给我打气，他说所有的演员在排到最后阶段都会有同样的感觉。

舞台剧真是有一种魔幻的魅力，彩排的时候还忐忐忑忑，到了正式演出，不知道哪来的能量，角色上了身，忘了自己是谁，谢幕的时候，回复真身，听到台下的掌声，那种满足感，是无法用言语形容的。

《暗恋》叙述的是，一对战乱中的恋人，在上海黄浦滩头道别之后再没有见过面，彼此都不知道对方已身在台湾。命运的安排，男的娶了台湾老婆，女的嫁了台湾医生，他们之间的思念和爱意却从来没有因此而褪色。男主角江滨柳病危，在医院里还念念不忘云之凡，于是登了寻人启事，女主角云之凡看到启事，经过五天的内心纠结和挣扎，终于出现在医院里，两个人分离数十年，互相倾诉这些年各自的经历，感慨万千，无限唏嘘。

我在台北演出时只能想象上海黄浦江边的景色，没想到多年后居然有一天能够站在上海的舞台上，饰演江、云在台北重逢的一幕戏，这错置互换的场景，和江、云之间的悲欢离合，道尽了人生的无奈和不可预测！

江滨柳和云之凡写了许多许多信给对方，这些收不到的情书，给两个有情人留下一生的遗憾。

二〇二一年赖声川导演决定排一出新的舞台剧《江云之间》，以书信的形式把这个遗憾呈现给观众，他请曾经参演过《暗恋桃花源》的演员共襄盛举，书写情书。

以下是我以云之凡的身份写给江滨柳的两封信，分别从昆明和香港寄出。

第一封信

滨柳：

多变的戊子年终于结束了，我们俩从黄浦江边的秋千下分手也已一百天了。这些年来，经过抗战到现在的国共内战，在纷纷扰扰的乱世中，能够一家齐全的吃上一顿年夜饭，真是百感交集。

昆明过年，家家户户到处都铺满了松针，那个味道真好闻……这一刻得来不易，大家不提过去的千疮百孔，不谈将来的日子怎么过，只是把握现在拥有彼此的这份喜悦。隔着热锅上的蒸汽，看不清对方脸上是忧是喜，只听到一片朗朗的笑声荡漾在暖暖的屋子里。

今晚在窗口又望见了一弯月牙，和右下方的一颗孤星，每次在夜晚想起你的时候就看到这样的景象，仿佛月亮缺失的那一大块，正是我心里的空虚，等着你来填补。滨柳，等你。

之凡

一九四九年一月二十八日除夕夜

第二封信

滨柳：

　　在香港这一年里只要有空我就跑到九龙尖沙咀海边，隔着维多利亚海港望向香港，想象着对岸就是上海黄浦江边的外滩，我总是痴痴地望着，仿佛望多了你就会出现在我的视线里似的。香港是个华丽的城市，这么美的景色我怎么能够一个人欣赏，应该有你在我身边才对，如果是这样，那该有多幸福，可是现在……唉，这美景，给我的感受却是极度的寂寞。滨柳，真想找个没有人的地方放声大哭一场。

　　　　　　　　　　　　　日日夜夜思念你的之凡
　　　　　　　　　　　　　一九五一年十月

《江云之间》里，一九九八年的云之凡鼓起了勇气，在江滨柳的墓前，读出了她写给江的最后一封信，江、云之间从此放下。

云之凡九十岁给曾孙女的那封信是赖导演写的，从中可以窥见他透过"暗恋"想要传递给观众的讯息："我们短暂停留在这个世界上一小段时间，是谁在写我们的生命？我们又有多少说话的权利？总的来说，虽然不圆满，我在人生中还是找到一点属于自己的快乐和幸福，原来命运是客观的，幸福是主观的。"云之凡要给曾孙女的是这些，赖导演要给我们的也是这些。

二〇二一年三月

林妹妹宝哥哥隔代相遇

贾宝玉和林黛玉在曹雪芹的《红楼梦》里相遇，在《红楼梦》的电影里相遇，脱下了戏服的林妹妹和宝哥哥在台下也相遇了。

　　一九七七年在香港李翰祥导演家的阁楼上，小小的电视屏幕放映着一九六二年大陆拍摄的越剧《红楼梦》，徐玉兰演贾宝玉，王文娟演林黛玉，导演不停地赞赏两位演员，说他们唱得好演得好，观众入了戏，感觉他们就是宝黛的化身。当时我和张艾嘉即将演出《红楼梦》，他拿这两位杰出的越剧演员给我们做示范，告诉我们，只要把戏演好观众就会接受，以此为我们打气。

　　看了王文娟演的林黛玉，有一个镜头深深地印在我的脑海里，那是她听到傻大姐说贾宝玉要娶薛宝钗了，在大观园里茫然无力地来回跑，不知道要往哪里去好。王文娟步履轻盈得像柔弱的柳条在风中飘过来荡过去，衣裙随着她的脚步和身段翩翩扬起。林黛玉体弱多病，性情孤傲，在王文娟的演绎下，绛珠仙子质本洁来还洁去的刚烈，活了！那是王文娟台下数十年功练就出来的。

　　李导演非常珍惜和欣赏他手上这部大陆拍摄的《红楼梦》，他频频摇头说："这部片子没有了！给烧掉了！"相信他是太惋惜和太喜欢这部戏了，竟然舍弃了他拿手的黄梅调，让我们唱起越剧来，他是想保留并流传他心目中最倾慕的画面。后来才知道，原来这部片子拍摄完成后未在大陆上映，却在香港上映了，因此李导演会有拷贝。大陆到一九七七年才首映此片，听说有十二亿人看过，轰动得不得了，可以说是那一整代人的记忆，问起生长在那个年代的人，忆起《红楼梦》都赞誉有加深受感动。王文娟和徐玉兰是绝配，如鱼得水，空前绝后！

谁会想到几十年后，隔代的林黛玉和贾宝玉会在上海相遇。二〇一八年，李导演阁楼上的林黛玉，在我面前出现了。一九六二年的林黛玉和一九七七年的贾宝玉相会，我称她老师，她坚持要我直呼她的名字文娟。

九十二岁的文娟，身材修长匀称，腰杆笔直，灰底粉红花的中国式上衣配一条白长裤，脚踩白球鞋，童颜鹤发，即使是眼镜镜片也挡不住她炯炯有神的眼睛闪着的艳光，我端详她就像宝哥哥见了林妹妹那样稀奇，竟然脱口而出："你有没有画眼线？"她微笑地说："画了。"一切是那么的自然。

王文娟演林黛玉，我演贾宝玉

王文娟与我相约在上海

我和文娟刚一坐下话匣子就不断，我谈她当年的林妹妹，告诉她我多么欣赏泄密那段戏，她谈我当年的宝哥哥，说我演绎得青春，并且欣赏李导演设计的服装、布景、道具和美丽的画面。我问她，有没有似曾相识的感觉？她说，看得出学习借鉴越剧电影的地方。我问她，平常做些什么？年过九十的她依然上进，不只喜爱琴棋书画还研究历史地理，她有一颗赤子之心，对世界充满了好奇。说了好一会儿才想起晾在旁边的才子王悦阳，安排我们见面的好友贾安宜，还有文娟的女弟子李旭丹。突然警觉文娟是上了年纪的人，腰杆笔直地坐了很久，赶快拿个椅垫让她靠着。

　　在静安香格里拉酒店行政酒廊里，旭丹为我们清唱了一段"天上掉下个林妹妹"和"黛玉葬花"助兴，文娟面带笑容满意地欣赏她得意门生的表演，不知不觉已消磨了三个小时，文娟始终一派优雅娴静地端坐着，我那递过去的大红椅垫毫无用武之地。窗外夕阳的金光斜斜地照进窗里，文娟起身告别，虽然意犹未尽，我也不好让她久留。临走她送我一本她写的《天上掉下个林妹妹》，我送她我写的《窗里窗外》和《云去云来》。

　　二〇二一年八月六日凌晨，王文娟先生仙逝，她九十五岁的生命，有八十三年是花在钻研、演绎和传承越剧上，难怪她会说，"我的命根子是戏"。

王文娟先生的戏梦人生，从她十二岁由家乡浙江省嵊县（今嵊州市）到上海投奔表姊竺素娥开始，她跟表姊学唱小生和花旦。十九岁就独挑大梁。二十一岁以一出《礼拜六》在上海滩一炮而红。二十二岁时就和徐玉兰搭档，后来成立红楼剧团，两人并肩合作超过了半个世纪，演出了许多脍炙人口的舞台作品。九十高龄依然继续指导提携后辈，传承越剧艺术。

很欣赏她的人生哲学"台上演戏复杂一点，台下做人简单一点"，可不是，戏台上她把"质本洁来还洁去"的诗魂林黛玉演得丝丝入扣、动人心魂。戏台下越剧院领导曾担心地问："你演得好林黛玉吗？"她回答得干脆利落："演不好，头砍下来！"

王文娟先生一生得奖无数，光是终身成就奖就拿了几个，我认为最值得一提和最有意义的一项是"国家级非物质文化遗产项目越剧代表性传承人"。

如今天上掉下的林妹妹又回到天上去了，在云去云来间。或许哪天我们不经意地仰望天际，林妹妹会在云里出现呢！

二○二一年八月十五日

王文娟与我

春天即将来临

这一年，三百六十五天里，有七十亿个故事，每一个家庭，每一个人，都在巨大的变化中戏剧性地活着。

这一年，每一个人的故事里都有一个共同的敌人——新型冠状病毒。

这一年，我几乎天天跟好友江青和金圣华通电话。江青有个伟大的医生儿子，他在瑞典医院的急症室工作，每天超时，放假也不肯休息，累得虚脱，却毫无怨言地硬撑，急症室里病人多，医院防护措施不够，没有防护衣，政府规定全国医护人员如果病了不准做核酸检测，怕到时医院不够医生护士。她儿子汉宁发高烧，失去味觉、嗅觉，就回家休息几天，烧退了再继续工作，孙女礼雅流鼻涕，幼儿园请家长领回，媳妇也感到十分不适未能上班。江青的心悬在半空中，欲哭无泪，感到极度无奈，但是儿子像他父亲，对社会有莫大的使命感，她能说什么？电话里我们都静默了，实在说不下去，她始终是个坚强的女性，最后她说："我写文章吧，只能这样。"她拼命地写、写、写，一年里竟然出版了两本书《我歌我唱》《食中作乐》。后来江青告诉我，瑞典政府终于同意医生可以检测了，证实她儿子确实得过新冠肺炎，还好已经时过境迁、雨过天晴。

金圣华非常娇柔，自知是高危一族，一年三百六十五天，在家里至少待了三百四十多天，我们经常一天通两次电话交换读书心得、谈论疫情感悟和生活点滴，她在自己的公寓里散步、读书、写文章、弹古筝、上 Zoom 教学，倒也怡然自得，毫无坐困愁城之感。

江青和金圣华的知交钢琴诗人傅聪得新冠肺炎去世，十二月二十九日早上江青边哭边告诉我这个消息，我惊闻噩耗，立刻通知圣华，在电话里她已哭得肝肠寸断，说她无法接受这个事实，她们都痛惜一个伟大艺术家的逝去。江青不停地诉说她和傅聪近五十八年交情的点点滴滴，圣华把所有有关傅聪的文章都翻出来看。我算算《明报月刊》一月十号是交稿登二月号的期限，劝她们把内心的哀伤写出来，这样会好过一点，二人这才收起泪水忍着悲痛，写下致钢琴诗人的悼念，我数日不敢打扰直到她们写好传给我，圣华已是数度胃抽筋，江青也已筋疲力尽。

白先勇对金圣华《将人心深处的悲怆化为音符》一文的响应是——

二○一二年十一月 俯瞰港澳 我们在山上合照

"圣华：你这篇纪念傅聪的文章恐怕只有你能够写得出来，你写得如此庄重、体贴，而又感人至深。首先傅聪是位杰出的音乐家，你把他对艺术的尊重、自律的严谨、对音乐的敏感，都细细地敷陈了出来，其次傅聪是一个性情中人，这点你也生动地把他描绘了出来，他真是肖邦的解人，他也像肖邦那样爱他的祖国。你是那样地疼惜他，你替他手指敷贴绷带——真是感人。这是一篇大文章。先勇。"

金圣华对江青的《送傅聪——挥手自兹去》也有回应——

"江青的长文看完了，她是个奇才！

她的文字有血有肉，毕竟是跟傅聪相交五六十年的至交！

她的记忆力惊人，一件件往事娓娓道来，令人动容！

她笔下的傅聪是多么立体，多么感人！

她敏感而直率，也是个性情中人！

这是一篇传世之作，也是她所有文章中的顶尖之作！"

江青和金圣华双剑合璧怀念傅聪，对她们来说也是一件极为重要的事，我除了伤感，也为她们二人能写出这样的好文章而感到高兴。

这一年，我本着逆境求存的心态，除了运动就是看书、写文章，许多时间从晚上看书到天亮，一生中从来没有在这样短时间里看过那么多的书。我深深体会到读书的乐趣，有时从外头回家，会感到一丝丝喜悦，因为有张爱玲等着我，因为有白先勇等着我，因为有米兰·昆德拉等着我，因为有杜拉斯等着我，有好多好多作家等着我。最开心是在疫情中出版了我第三本书《镜前镜后》。

二〇二〇年圣诞节前夕我下定决心要早睡早起，把以往天亮睡午后醒的习惯改过来，把疫症期间加在身上的十磅肉减掉。到目前为止基本上这个目标已经达成，每天十二点左右睡觉，早上八九点左右起床，体重也轻了十磅。

　　二○二○年十二月十九日那天，一只貌似仙鹤的白鹭来到我家后院，时而栖息树间，时而展翅高飞，自此以后每天都来，它是来报告喜讯的吗？是的，新型冠状肺炎的防疫针已经发明，各个国家都陆续开始接种疫苗。希望这个世间共同的敌人尽快离去，所有人的生活都能恢复正常。

　　冬天的脚步已经渐渐远去，我们正在迎接春天的来临。

二○二一年一月

乳牛，小牛

"乳牛……小牛……金箔……小牛……乳牛……"断断续续、昏昏沉沉、混乱、跳跃的话语，只有这几个字是听得清楚的。杨惠姗想起曾经花了许多时间思索如何能把乳牛和小牛相依相守的神态，在她的琉璃作品《乳牛带小牛》中勾勒出来。病床边，惠姗极力把张毅想说的话帮他拼凑起来，

她问："母牛是谁啊？"

他说："傻瓜，就是你啊……"

她又问："那小牛呢？"

他说："我啊……"

然后接着说："没有母牛，小牛早就死了……没有母牛，小牛早就死了……没有母牛，小牛早就死了……"

这是张毅留给惠姗最后、最清楚的镜头。

电话的另一端，惠姗已止不住地抽泣："最终他牵挂的还是琉璃工房的作品，他一生对文化的追求，借着每一件琉璃艺术品，像布道一样传播他的文化理念，他恪守着尊严……他的尊严……尊严，直到他走的那一刻都没有改变，他一生都没有改变……"她敬重地

说：“我的生命里如果没有遇见他，可能就只会吃喝玩乐，甚至不会……”我猜想张毅是用尽仅有的气力，表达了他和惠姗之间的爱和相互依存。他们二人的关系不只是夫妻爱人那么简单，他们也有母子、父女和师生之情，惠姗昵称张毅“爸爸”，张毅昵称惠姗“妈妈”。张毅将他的“透明思考”毫无保留地传授给惠姗，惠姗像海绵一样地完全吸收，纵身跳入火海，燃烧自己照亮张毅，在他们互相映照中，创造了一个富有文化的理想国。

二〇一〇年世界博览会在上海举办，我参加的文化旅行团，最后一站是去参观博览会。张毅和惠姗盛情地邀请全体团员于上海琉璃工房博物馆晚宴。餐前张毅带领我们五十多个团员参观他和惠姗精心打造的博物馆，自博物馆大堂拾级而上，有一处平台，墙上写着好大一个“仁”字。张毅在前面走，我们跟在后面，他如孔子带领门生，向我们解释这个“仁”字的含义。孔子儒家思想提倡“仁”，是希望每个人发展自身内在的潜能，建立良好的品格，推己及人，进而积极行善。张毅特别强调：“二人，简单地来说，二（两）个人，相处得好就是仁。”就这样我们一行人站在楼梯上，听他上了十几

杨惠姗与我

分钟的"仁"之课。在我眼里，张毅就是一位仁人君子。四十多年前，第一次见他，是在洛杉矶，那时我正在主演陈耀圻导演的电影《无情荒地有情天》，拍摄期间不时见到一位高大英俊的男士远远地闪过，他总是穿着红色米色相间的格子大衬衫，衬衫打开着，里面套一件白色 T 恤，下着卡其布长裤，斯文而有书卷气息。直到拍完整部戏，我们都没有讲过一句话，甚至没有听见过他说话，二三十岁的人如此不苟言笑倒是少见。近二十年来，我们偶尔会和共同的朋友一起聚餐，他永远是应对得体，口齿清晰，说话条理分明，从他言谈之间不时流露出他所信守和想传递的文化思想。

有一次在香港欣赏张毅和惠姗联合举办的作品展，惠姗创作的透明、抽象、充满灵气的琉璃作品，上面刻有金箔烧成的书法，那是张毅的文字与书写，是名副其实的透明思考。"见山不是山，见水不是水"，我喃喃自语，惠姗听到了，兴奋地说那几天她接受访问时都在说这两句。张毅的作品像磐石，重得有分量，形状自由，在似与不似之间，颇有老庄思想的意味。他们二人一重一轻，相辅相成，重轻之间，自然呈现出平和的境界。

　　二〇二〇年农历七月十六是惠姗的生日，因为张毅住院而取消了生日聚会。一天，惠姗拉开抽屉看到一张纸，发觉是张毅为她准备的生日餐单，她有个不祥的预感，仿佛张毅是要跟她过他们一起的最后一个生日。张毅请他侄儿代他买了一束花，附在花的卡片上写下"永远没有来不及的爱"。说到这里惠姗又抽泣起来，电话那头传来微弱的哭声，我只能轻轻地说："你们的爱三十年前就赶上了，这三十年你们日夜相守，每一分每一秒都没有虚度，这是多少世才能修到的缘分啊，如果你抱着感恩的心，就不会太伤悲。"她停了一秒，说："是的。"想起希腊哲学家苏格拉底所深信的，人的肉体只是灵魂住的房子，灵魂是永远存在的。我跟惠姗说："你跟张毅现在更亲近了，他的灵魂就住在你的心房里，你们二人合而为一，成就了'仁'这个字，你就继续透过作品，记录他的思想，进行你们二人的艺术创作吧！"

　　读过张毅一篇散文，他写道："我的电影，要从死亡开始。而死亡，需要学习，明白了死亡之后，生命的意义，对我而言，至少是豁然清楚。我经过对别人的观察，逐渐发现很多人不太接受，也

看不明白，就算你努力地说了，他也不容易感受，我只能说，很多经验，尤其对生死，得亲自体验，人不经过不切身，但是，遗憾的是：你经过了，就回不来了，这，算是一种黑色的启蒙吗？"

张毅导演、惠姗主演的女性电影三部曲《玉卿嫂》《我这样过了一生》《我的爱》口碑票房都好，得奖无数，在他们电影事业最辉煌的时候离开影圈，创办琉璃工房。他们的琉璃艺术作品在世界上许多博物馆和寺庙都有展出和收藏。张毅说："我和惠姗离开电影二十多年，琉璃工房一路走来，我们丝毫没有想过电影的事；因为 A-hha（张毅动画创作）我们又谈起电影。很多小朋友兴致勃勃地问：'听说您以前是个导演？您还会拍电影吗？'我完全没有回答，心里想：'并没有人真正关心这个问题的答案的，你省省吧。'我突然想起，最近医生告诉我，我因为有心肌梗死的问题，又有肾动脉的问题，我的肾脏有一边的输血量已经愈来愈萎缩了。这又是什么意思呢？我只能说：曾经沧海难为水。"

乳牛，小牛，金箔，张毅是想要把惠姗创作的《乳牛带小牛》镶上金色的光环？曾经沧海的他，什么都已成过眼烟云，唯有和惠姗的爱才是永恒的。

二〇二〇年十二月

笑着告别

南生又流眼泪了，她不知为她的亲人、朋友、职员流过多少泪。人世无常，尤其是到我们这个年龄，上一代都没有了，我们成为最顶尖的一代。她朋友满天下，这些年面对了许多人世间的生离死别。南生是个非常重情感的人，我常劝她要放下，她总说："需要时间！需要时间！"我叫她尽量把时间缩短，她则说："我正在试，我正在试。"我常在想，她瘦弱的身体怎能禁受得起这许许多多悲伤的包袱。

　　这会儿她又哭了，我就知道不妙，原来石天走了，电话里还没等我开口，她就说："我需要时间，我需要时间。"她也是的，张国荣都走了十八年，只要我一提起国荣，她一定擦眼泪。这一回是她的革命战友，新艺城电影公司三巨头之一，得的是肺癌。石天在新艺城的时候风风火火热闹滚滚，没想到走的时候却选择静悄悄地不打扰朋友，原来石天走前交代家人，火化之后才宣布。

　　南生说总是要做点什么怀念一下，不能说人走了就没事了。往年新艺城的伙伴每年一次都会在九龙尖沙咀的福临门聚餐，所以她约了新艺城另外两个巨头麦嘉和黄百鸣，还有泰迪·罗宾、曾志伟、张艾嘉在同一家餐厅聚会，我说到时候你们哭成一团，这饭能吃得下去吗？去餐厅前还忐忐忑忑，不知道一会儿是什么情况，该怎么应对。进了房间，南生、麦嘉、黄百鸣、张艾嘉、泰迪·罗宾已经到了，都静静地，眼见南生随时准备掉眼泪，我跟黄百鸣握握手，拍拍麦嘉的背以示安慰，麦嘉笑着说："没事，很好啊！很好啊！我最欣赏琼瑶讲过的话，第一要活得好，第二要活得久，第三病了要走得快。所以很好啊！干吗要哭！有什么好哭的！"我在重看《斐多》这本书，正好派得上用场，即刻接口："苏格拉底说'生是死的开始，死是生的开始'，灵魂永远在那儿。"南生还是偷偷地擦眼泪，曾志伟过了点还没到，南生打给他，原来他在又一城另外一个饭局，他忘了，说即刻赶过来。

等人都到齐了，我提议大家拍一张哭前照，等吃完饭再拍一张哭后照。大家就座，特别留了一个上位给石天，为他斟上红酒，饭桌上也时而夹菜到石天的碗里，我开玩笑地说，一会儿酒少了，把大家吓死。

原来新艺城三巨头草创时期，自觉三个臭皮匠，应该找一个形

（左起）麦嘉、黄百鸣、施南生、我、张艾嘉、蔡迪·罗宾和曾志伟

象好、有学问的人，让公司看起来像个样，于是找了施南生。南生英语噼里啪啦，公司需要美国化妆师或技术人员，就请南生包办。听曾志伟说，麦嘉家里有一个小房间取名奋斗房，每天晚上十一点他们几个都会在那儿聊剧本，直到天亮。志伟说五六个人挤在一个小房间里，走路经过都得侧着身子走，他们在那儿兴奋热烈地讨论剧情，新艺城许多大大卖座的电影就是从这个小房间里撞击出来的。那时大家都年轻，勇往直前，什么都不怕。新艺城里有许多热爱电影的工作人员，有时就直接睡在楼上办公室。我一九八〇年在美国待了一年半，回到港台地区，电影圈已经变了天，全是新艺城的天下，只要新艺城出品，部部都卖得满堂红。

餐桌上的话题有国事、家事，最多的话题是新艺城的趣事，几乎每一步的奋斗史和血泪史都因着他们的幽默感和诙谐的话语，变得特别有趣。大家给逗得哈哈大笑，一扫阴郁的气氛。

麦嘉学佛，有许多感悟和人生大道理，分析事情条条有理，非常有权威性，让你没得反驳，所以大家叫他"权威麦"。我拍过他监制和主演的喜剧片《横财三千万》。黄百鸣数十年不变，还是一副小生款，练得八块肌肉，非常健硕，人称他"乐观黄"，我拍过他做老板的《白发魔女》。石天也有个外号"悲观石"，我拍过他监制的《夺命佳人》。在座不太多话的艾嘉也忆起当年拍《最佳拍档》前，石天半夜打长途电话到台湾，叫她到香港演差婆的趣事，我跟她合演过《金玉良缘红楼梦》。泰迪·罗宾扎着小马尾，不胖不瘦，脸上多了几条皱纹，其他的一点没变，他说自己老了，站起身来叫我们看，他快走几步，又慢走几步，说他快走没事，慢走就摇摇晃晃，我马上提醒大家站起来的时候，先站定不要直接转身，千万不能跌倒。麦嘉打趣地说，你看，我们现在的话题竟然是这些。泰迪·罗宾讲话条理分明很有逻辑，大家都叫他"逻辑宾"，他和我一起主演过新艺城的《我爱夜来香》，票房非常好。曾志伟最逗趣，说了许多跟新艺城有关的笑话，有一则，说是他在新艺城拍的第一部戏《彩云曲》，从台湾匆匆赶到，没理发，拍摄现场那个帮他理发的是刘德华，刘是《彩云曲》的演员，据说他之前是在尖沙咀天香楼餐厅斜对面做理发师的，所以他会修头发。我跟曾志伟也曾演过对手戏。新艺城最盛的时候，施南生是管家婆，每次的庆功宴里，总见她神采飞扬地招呼宾客，说的笑话搞得场子非常热，我跟她合作的次数最多。

每个人聊起新艺城都滔滔不绝，直到过了餐厅打烊时间，才意犹未尽带着愉快的心情离开，我走在最后，回头往石天的座位打个招呼："石天拜拜！"他们也回头跟石天道别，出了餐馆，各上各的车分道扬镳。

石天留给我最难忘的印象，是七十年代中我来香港拍戏，他做一个小角色，我跟他只有一个下午的戏，他说话幽默，又会搞笑，我对他印象非常好。记得收了工，他手上拿了一串小摊贩上买的鱼蛋，见我过去马上又买了一串递给我，我最喜欢吃摊上的鱼蛋，他那轻松自在的样子，让我感觉像是回到了学生时代，特别高兴。

别了，石天，祝愿你的魂魄能够找到一个适当的住所，再一次重生，再一次复活。

二〇二一年十一月十一日

感受
……

二〇二一年五月二十六日，一个风和日丽的下午。我在车上，电话中金圣华问我去哪儿，我说："去嘉倩家，她的狗马上就要被安乐了，我得赶去。"圣华惊叫："啊哟！这么可怕！你去干什么？"我想了三秒："感受。"她疑惑："这有什么好感受的？"我说："感受那生死一线之间，感受在场的人和狗的生离死别。"

Barksdale 是一只中型 Poodle 狗，是二〇〇七年女儿嘉倩收到的礼物，这名字来自当年很火的 HBO 电视连续剧，《火线》（*The Wire*）里面的黑社会老大。它来的时候就像个咖啡色绒球样，在地板上滚来滚去，非常可爱。自此以后这一人一狗在家里形影不离，嘉倩抱它像抱小孩一样，直着抱，经常用手搔它脖子前面的位置，头埋进它的毛发里亲吻它。曾几何时它的毛发已转成金黄色，手脚生得老长老长，能够两臂环抱女儿的脖子，有时我们吃饭，它跳上餐椅坐着，好像很懂事似的看着大家，人人见了都说它像个人，大概它也以为自己是人，哪里是中心，它就当仁不让地往中间一坐，并且只跟人玩不跟狗玩。

经常在夜深人静，我专心写作时，就会听到"嗒！嗒！嗒！"

的脚步声，然后见到高脚七 Barksdale 出现，随后是嘉倩打着赤脚静静地从墙后闪出。嘉倩伤心的时候，它会急得在她身边转来转去，看到我出现就像找到救兵似的望望我又望望她，像是要我好好安慰她似的。到嘉倩卧室聊天，一张双人床，左边她睡，右边它这家伙头靠枕头，身盖被子，不吵不闹，静静地听我们讲话，我只得委曲自己坐在床尾，以免碍着它。Barksdale 生嘉倩气时，会在床中间大一坨大便，然后坐在旁边看嘉倩的表情，嘉倩竟然不揍它。有时看不惯它这么受娇宠，便给它个暗亏吃，它也不记仇。有一次嘉倩让我轻轻打她，试下它的反应，这回它可不肯饶我，直对着我吼了五分钟，咳得喘不过气来。嘉倩跟 Barksdale 就这样互相依偎，共度了十几个春秋。

　　五年多前，嘉倩有了女儿才搬出去住，这时全家的注意力都放在小宝贝身上，Barksdale 顿感失宠，常常在喉咙里对 baby 发出怒吼的呼噜呼噜声，嘉倩怕出事，只有忍痛安排它跟其他狗一起生活，虽然有工人细心照顾，我总感觉它被打入了冷宫，还好嘉倩经常去探望它。有几年没见，再相见时它的毛发已变得好淡好淡，尽显老态。

在大孙女五岁、小孙女两岁时，大家觉得该把 Barksdale 请出来养老，它出关以后火气已没那么大了，老小也能和平相处，这也奇了，家里十几只狗，两个孙女对 Barksdale 特别亲近，特别喜欢。七八个月前，听说 Barksdale 经常咳血，我见到它步履蹒跚，脸上的毛给剃掉一大半，另一边毛上沾着血渍，非常狼狈。嘉倩的爸爸跟她说，它在这世上的任务已经完成，应该送它走了。嘉倩不舍，还是拖了两个月。

那天我走进嘉倩家客厅，只见 Barksdale 平静地趴在地上，弓着后腿，前腿向前伸得又直又长，眼睛直直向前望，仿佛已经准备好了从容就义似的，女儿们和孙女们在周围轻声细语，她们都已做好心理准备，也都跟它道了别。我轻轻地唤着 Barksdale 的名字，一声又一声，我说："Barksdale，要去天堂啰！"

那天还有另外一只大狼狗也是病重，在 Barksdale 之前先打针安乐死，我小女儿坐在地上抱着它，另外两个女儿和一些工作人员都在旁边陪伴。工作人员先把狗的嘴巴用塑料口罩罩住，防备它张口咬人，再刮掉要打针地方的毛，打了两针，狗眼睛慢慢闭上，透一口气，前蹄一伸就走了。这整个过程中 Barksdale 都在旁边看着，仿佛是在预习演练，狼狗走了，它就跟在执行安乐死的一男一女后面，冷静地看着他们准备用具和针筒。

嘉倩坐在椅子上，Barksdale 无力地伏在她怀里，即使早有心理准备，到了生离死别那一刻，嘉倩还是忍不住低声饮泣，两个妹妹一左一右，她们一个抱着嘉倩的头，一个拥着她的肩膀，轻轻地抚摸着她以示安慰，我在一旁低声说："Barksdale 到天堂啰，要到天堂啰……"见到她们姊妹情深，泪流满面地互相安慰，那场景令

晚年的 Barksdale

人感动。我曾经跟 Barksdale 在同一个屋檐下，虽然不由我照顾，多年下来还是有感情的，见桌上有盒纸巾，抽了两张出来，拭去脸上滚下的泪水。没多久的时间，一部小巴士来把两只狗接走，日后火化。

我在院中徘徊，思索着感受到的是什么。脑子里浮现了台湾电视新闻播报员傅达仁，他受胰脏癌末期的痛苦折磨，已到了不可承受的地步，临走之前两年极力呼吁台湾地区通过安乐死合法化，未果。只有花费三百万台币，在家人、朋友陪伴下，千里迢迢跑到瑞士去打人生最后一场仗——只求死得有尊严，不拖累自己和家人。他留给世人的最后一句话是："这仗一定要打！"

我想到琼瑶姊的先生平鑫涛，他和傅达仁都是生命的斗士，活着的时候，在各自的领域发光发热。平先生晚年病重时已留下遗言，放弃急救插管延命。奈何儿女不舍，老父依旧插管，在医院里多躺了三年多。琼瑶姊痛心地让我看一张她从不忍心发表的照片，是平先生，他骨瘦嶙峋蜷缩成一团，我震惊得不忍多看。人在痛苦的时候，一分一秒都很长，这一千多个日子，两万六千多个小时，一百六十多万分钟，一亿多秒，平先生是怎么熬的？我不敢想象。

多年前我先生曾经问我："如果上帝不准你死，你怕不怕？"秦始皇在最后十几年耗费了大量精力财力，牺牲了多少人，只为寻求长生不老之药。自古以来，似乎人人都想长生不老，从来没人想过"不准死"这个问题，我内心的感觉竟然是"怕"！

　　我在想，现世的人，如果没有意外，基本上都可以活过九十岁，医学发达，许多疑难杂症都能治愈，有的不能治愈的也延续得了生命。但是如果是活在人间地狱，没有生活质量、没有生命尊严，安乐死会否是一种选择？

　　大狼狗和 Barksdale 火化那天，嘉倩拍了张照片给我，Barksdale 盖着被子安详的样子，像是睡着了。

二〇二一年十月十五日

手
机

"啊！啊！啊……"一名女子跪坐在湖畔这样尖叫了至少两分钟，一双手向着眼前的湖水，在空气中作势要捞东西。除了身旁坐着一位气定神闲垂钓的女孩，再没有其他人。这个画面是不是很有电影感？

　　那名似疯非疯的女子就是在下，那钓鱼的女孩是咱家闺女。黄昏时刻小女儿要钓鱼，老妈自告奋勇陪同，难得有机会跟女儿独处。女儿坐在反扣着的绿色塑料桶上，把小帆布凳子让给我，她静静地把事先准备好的鱼饵虾子钩在鱼竿上。别人眼里的大明星，在女儿面前妈妈相就出来了，这钓鱼跟水温有啥关系，我愣是去试水温。我蹲下来，弯腰伸长了手，水都还没碰到，说时迟那时快，胸前挂着的小包包里的手提电话已经飞出去了，眼看那白色的手机在湖水里平躺着慢慢下沉，我除了大叫却什么也做不了。

　　回过神来我问女儿 iPhone 防不防水，女儿冷静地说防水，我的希望又燃起来，这年头没了手机简直不能过日子，即刻请女儿打电话搬救兵。"嘟！嘟！嘟！"天色渐暗，两个车头灯像一对大眼睛，来人手拿一只大网，他拉出卷尺，探测湖水的深度，拉了老半天都没停，乖乖！可真深。看着连在网上的棍子，来人摇摇头说不行，长度不够，恐怕他得潜下水才有可能找到，我见天色已黑，晚风凉飕飕地袭来，叫他等明天有太阳时再说吧，女儿提醒我 iPhone 只能防水半小时，我只好望洋兴叹地接受失去手机的事实。

回到家惋惜地跟二女儿诉说手机掉进湖里的经过，她即刻说："跳下去抓啊！""水这么冷，是手机重要，还是你妈的健康重要？"她竟然说："当然是手机重要啰！"

说到丢手机，去年有一天，没事儿耍帅，把手机插在牛仔裤袋里，上车前摸了一摸确定手机跟身。车子抵达置地文华酒店，我和女儿挽着手走进置地广场二楼的服装店，买好了衣服，手提着两个纸袋出来，一摸裤子口袋，电话不见了，到服装店找，没有，司机说车上也没有。我想必定是遗失在从下车到服装店中间的路途中，我们循着原路一直找到文华酒店下车的地方，没有。问酒店门前的警卫，有没有看到地上有手提电话？他说如果有的话一定会收起来，但是没有见到过。几次拨打自己的手机都没人接。我六神无主地，要去喝杯东西定定神。习惯了没事儿抓抓电话，看看时间，看看留言什

么的，这会儿下意识地抓，老是抓了个空。我若有所思地喝着饮料，女儿电话响了，是司机打来的，听女儿的口气，知道有希望了。原来司机打我的电话号码，对方有人接了，说是在置地广场管理处，我和女儿匆匆忙忙赶去置地，女儿一边走一边问："你带身份证没有？"我打趣地说："我的大脸就是身份证。"她说："现在人出门哪有不带身份证的。"到了置地二楼柜台询问处，本小姐什么话也没说，大脸一亮（其实只是半张脸，另一半被口罩遮住了），三个穿白衬衫黑西装的男士即刻上前招呼："林小姐，有什么可以帮你的吗？"我说明原委，其中一位男士带领我们穿过大堂，走入地下室，转几个弯，到达失物认领处，忘了工作人员有没有跟我要身份证，但是问了我几个问题，确定电话是我本人的，微笑着交给我。我珍惜地捧着手机，刚刚掉的魂全回来了，那失而复得的感觉真是太美好了。

难得陪我逛街，难得言爱让我陪她钓鱼，我这个老妈是怎么当的，简直不像妈妈，倒像女儿似的，花样百出。还好女儿都长大了，反过来照顾我这个长不大的妈妈。

时代进步得太快了，我们读书的年代，家里有一部电话，已经算是小康之家了，约同学见面，对方没来，就只有白等。台北火车站有一面专门给人留字条的墙，整面墙都是字条，那些约了见面的人没到，等的人临走前就在墙上留话。现在人人一只手机，无论你在哪儿都能联络上，还会标明大家所在的位置。手机除了通话，同时又是电话簿、照相机、录像机、相片簿、记事本、写作纸、画画纸、闹钟、日历、天气预测表、追踪器、游戏机，还是电视机和电影院，近年更变成了付款机，疫情期间还担负起办公室和教室的任务，我上绘画课也是用微信视讯上的……细数手机的功能，才醒悟手机为人类带来多大的方便和效率，如手上没有一只手机，几乎跟时代脱节了，连僧侣都需要用手机办事。二十一世纪人类的生活方式，因为有了手机，已经翻天覆地地转变了，当初谁会想象得到有这样的一天。

还好 iPhone 有云端，所有的数据可以重新连接上。换新手机都要再重新输入手机、电邮、微信和微博的密码，每次都因为忘记密码伤透了脑筋，电脑技术人员提议我把它抄下来放进保险箱，我没这么做，这次又是费了很大功夫才找到。

手机变成现代人的躯壳，软件是灵魂，灵魂和躯壳合而为一，整个人才好像活了过来。

二○二二年五月

流星

住在城市里的人很少有机会看云、看星星、看月亮，偶尔抬起头来也只是从高耸的建筑物中看到一小片天空。

每次出海都喜欢躺在甲板上欣赏云海的变幻、月圆月缺、星星眨眼和日出日落，在这浩瀚的宇宙中，它们像打太极一样，缓慢而有韵律地移动着，非常壮观。有时候，我感觉自己是它们的一部分，跟天地融合在一起；有时候我又是个旁观者，脑子会飘到好久好久以前；有时想象着逝去的亲人和朋友会不会是哪颗星星或是哪一片云。

六月的印度尼西亚巴厘岛应该是盛夏，晚上清风徐来还是很舒服的，一个深夜，我独自一人躺在游艇的甲板上，忽见一颗流星从天际滑过，一秒钟即消逝。曾经有朋友这样说过，人与人之间相遇，或能成为朋友，在人生的旅途中就像流星般擦肩而过。

我想起一个人，他知道我是谁，而且会经常在报章杂志或者电视上看到我的消息，我却记不得他长的样子，也没有他的名字，但是永远不会忘记他为我做的一件事。

三十年前的一个下午，在香港，电影公司租借的一个房子里拍戏，拍摄空档我正坐着休息，一位工作人员过来跟我说，有位男士拿了一封信一定要亲自交给我，我正好没事就答应了见他。他个子不高，态度谦卑，递上了一个白信封，我打开来看，里面没有信，正疑惑着，突然滑出一个小胶片，我就着有光的地方看，不免一惊，脸色大变，他尴尬地说："我想这还是交给你保管的好。"我感激得不知说什么好。

是一张底片，我是记得那个瞬间的，那是一九九○年第二十七届金马奖颁奖典礼当晚，我抱回一座最佳女主角奖，大家正簇拥着我走下阶梯，混乱中我弯腰提了一下鞋带时，那件紧紧贴着身体的 YSL 小礼服，稍微有了空隙，当时心中有想过会不会穿帮。没想到就在那一秒一个闪光进来，刚好捕捉到我左边上身衣服离开身体的一刻，我的胸部赤裸裸地曝了光。我手执着那小小胶片有点颤抖，怯怯地问，是给我的吗？他说是的。我不知道该怎么报答他好，心想他是记者，不如收了工请他到我位于湾仔的会景阁公寓坐坐，让他有机会采访我。

那间公寓只有五百尺（香港的房子一尺约等于 0.0929 平方

我在恒河边与卖花女、卖花郎谈笑

米），一房一厅。我平常不喝茶、不喝酒、不喝咖啡、不听音乐，只有白水招待，夜深人静的，与一名陌生男人共处一室，两人也不知说什么好，我对着落地窗正在想这么晚了不该请他来的，这时他起身说要走了。感谢赞美主！我一转身他已不见人影。匆匆忙忙中也没有留下联络方式。从此，他再没有出现在我的生命中，或者出现了我也不知道。

三十年来，新闻媒体有着相当大的转变，狗仔文化充斥全球，我常在想这位给我底片的年轻人，他如何生存？这么有良知的人在娱乐新闻界会有生存的空间吗？他也许已经离开了传媒界从事其他工作了，我猜想。

他就像一颗流星，在我的生命中与我交会了片刻，转眼间已消失了踪影，希望这个世界能够容纳多一些像他这样的人。

我想起了印度恒河边那个卖花的小女孩，眼睛圆圆大大一脸聪明相，大概七八岁吧。她绕着我不停地问："Hi! What's your name? Hi! Where are you from?" 我和丁乃竺一行四人在恒河边的廊檐下，跟着一个法师做着供养和祈福的仪式，一些卖花的小朋友就在木栏杆边上，爬上爬下审来审去跟猴子似的，其间还真有几只猴子跳进来，大家虔诚地做着法事，我的眼光却被他们吸引着。做完法事太阳也快下山了，我们匆匆忙忙地跑到恒河里泡泡脚、拍拍照，上车前许多小朋友围过来，朋友提醒我千万不要给钱，有的给、有的不给，他们会打起来，我当时也没准备零钱，没可能给，看着那么多双乞求的眼神，眼巴巴地望着我们把车开走，实在于心不忍。听说这些孩子，都是白天上课，下午三四点下课后就到河边卖花帮补家用的。

回到我们住的隐修中心，一直惦念着恒河边上的孩子们，惦念着那个大眼睛的女孩。我决定一个人再去一趟，那天我换了好多印度小钞，准备把所有孩子的花都买下。车程要三个多小时，在车上我想着一会儿跟他们聊什么，他们会不会请我到家里坐坐，我想带着这些小朋友到店里去选购礼物。

我一身布衣漫步在恒河边上，卖花女和卖花郎围了过来，都在十岁上下，有的更小，我说我把花买了，但不拿花。买完所有人的花，大家坐在石梯上，小女孩把篮子里的花插在我耳边，仿佛当我是亲切的大姊姊。问他们的梦想是什么，多数男孩喜欢跑车，女孩喜欢漂亮的裙子，有个大点的女孩问我，可以买裙子给她吗？我说走，你带我去。在恒河边的小街上都是小铺子，一行二十多个小朋友，吱吱喳喳兴奋得不得了，先到一家店把女孩们的裙子买了，男孩子就到玩具店买模型车，进了一家玩具店，小小店挤满了人，来不及一件一件算，我让老板把东西给他们，价钱写在纸上，一会儿再全部加起来，最后那个大眼睛小女孩也来了，挑了一个模型车，我牵着她的手，把剩下的少少美金悄悄地放在她的手心里。等小朋友都拿到了他们的礼物满心欢喜地回家了，天也暗下来，导游带着我经过一条小巷子上了车。

在车上，我想着，下次如果有机会再去探望恒河边的孩子们。回港之后疫情爆发，隐修中心暂停营业，或许我跟他们的缘分也就这一次。相信我们相互之间都会留下一个难忘的记忆。

暗夜里传来"嗒！嗒！嗒！"的汽笛声，远处船正驶过，偶尔听见鱼儿跳出水面的声音，又一颗流星滑过。

二〇二二年六月九日于印度尼西亚巴厘岛海上

画我眼中的你

记得最早不自觉地开始画画是在初中二年级，其实那也不叫画画，只不过是无聊时用铅笔在书本或作业本上，画女孩的侧面，永远的左侧面，永远的大眼睛、高鼻子、兜下巴，比例和位置从来没有对过，却也没有仔细研究过。几十年过去了，再画也还是跟初中时画的一样，一点改进都没有。无独有偶，看张爱玲的短篇小说《年青的时候》，开篇就是，"潘汝良读书，有个坏脾气，手里握着铅笔，不肯闲着，老是在书头上画小人，他对于图画没有研究过，也不甚感兴趣，可是铅笔一着纸，一弯一弯的，不由自主就勾出一个人脸的侧形，永远是那一个脸，而且永远是向左"。看到这一段时内心一悸，竟会有这种事，两个时空，两个年代的人，所做的事竟然这么相似，毕竟潘汝良也有张爱玲的影子。

　　这两年突然察觉到自己对人物的兴趣，原来我墙上挂的画、收集的雕塑作品和写的文章多数是人物，竟然在这么大年纪时才对自己有这一层了解。

　　去年《明报月刊》老总潘耀明送我一本他写的四十万字大书《这情感仍会在你心中流动》，书装在一个米色帆布环保袋里，我一眼瞥见袋子上的画，一名男子悠闲地坐着看《明报月刊》，线条简单，神韵十足，我非常欣赏。向来都希望有一天能够用铅笔画下所见所闻的人物动态，但是没有机缘碰到合适的老师。我打电话给潘耀明，打听这位画家，看可否跟他学画。潘耀明很快地回复说画家不收学生，但他会去一趟画家的画室，问我想不想一起去，我说当然好啊。

那天窗外下着蒙蒙细雨，在车上潘耀明跟我详细地介绍了一下画家的生平，原来他早年帮金庸的武侠小说画过插图，我听了更感兴趣。潘安慰我说画家见了你应该愿意收你做学生的。车子仿佛开到了工厂区，停在一个我们俩都很陌生的地方。潘西装笔挺，我踩着小高跟，二人冒着小雨找到画家所在的工厂大厦，但不得其门而入，左打听右打听终于进了个大货柜电梯，轰隆隆地上了楼，那层楼只有他的门是特别用大木板制成的，一看就是艺术家的地方，木门是向外推的，我们靠门很近，开门时差点碰上。

画家笑脸相迎，一口白牙，脸上挂着副眼镜，身型瘦瘦，非常可亲。我把准备好的书《窗里窗外》《云去云来》和《镜前镜

李志清于课堂上画我

李志清与我

后》献上，他也送我一本画册。他在那张长方形大画桌上低头签名时，我环顾四周，小小空间满是摆放整洁的书和画，窗边一张小圆桌用来招待茶点。画家身后一排大书柜，一张小小长方形的画映入眼帘，是奥黛丽·赫本在《珠光宝气》（*Breakfast at Tiffany's*）电影里穿着一身黑礼服，手上拿着长烟斗的经典造型。有些漫画素描配上短短有情的语句，让我想起了丰子恺。最吸引我的是中国山水画的树梢和云雾间画着小小的古代侠客对剑过招，我喜欢有人物的山水画，感觉更有生趣。

画家抬起头来，把书递给我。哇！不但有签名，还有画，署名志清，画的是一名蹲坐戴眼镜的男子，右手向上抛出了一颗心，我喜不自胜。画家拿出两张方形硬纸卡，要我和潘耀明题字和签名，潘写了八个字"不着一字　尽得风流"，我也写了八个字"以画志情　动人心魂"。

交谈中我表明对画画没有什么大志，只想用铅笔单线素描人物，将来也或可用在书上。潘耀明见我们交谈甚欢，再次提出收我做学生的事，志清老师答应了，我们当下决定每个星期一次，一堂课两个小时。临走时志清老师说，你将来会成为画家的，我非常讶异地问何以见得，他说见我挥洒签名的线条可见，并且我有演过这么多戏的经验，艺术是相通的。那张奥黛丽·赫本他送了给我。

我在老师的画室上课。以前做学生没做够，很喜欢做学生的感觉，每次上课都穿上我的白衬衫。我们上课是讲到哪儿教到哪儿，不比一般传统画素描对着物品打阴影，这种方式较适合我。

许多年前夜里无聊我会临摹黄冑、常玉、马蒂斯、幾米和八大山人的画，因为线条简单而且不需要打阴影。自己画了画没人指点就老是原地踏步，老师经常是一句话点通了就让我大跨一步。第一堂课教画脸，这三庭五眼的口诀，至少让我把眼、耳、口、鼻的位置都能摆对，其实每个器官都不容易画，手更不易，我老是把手画得很小，老师说手也是表达情感的工具，不妨画大点。老师是我唯一的模特儿，他摆个姿势我就对着画，他再拿我的画指点我，有时也即场画我，那简单的几笔竟然画出了书卷气。最喜欢老师画里深藏的情感和意境，他说画得像不像不重要，最重要的是神情，这句话我也很受用，不执着于像不像反而可以自由挥洒，意境自然出现。

我从来不记道路和街名，有天不经意看到画室所在那条街的街名，竟然是永康街。台北也有一条永康街，是我住过多年，也是最多回忆、最难忘的一条街。这几年我每个月在《明报月刊》发表一篇文章，最近发现我文章的前一页就是老师李志清的画和随笔。我的名字有个青字，老师的名字也含个青字。难道冥冥中宇宙间早已结下了师生之缘？

微博上有个组织了二十多年的"爱林泉"影迷团，他们是那么地专一那么地痴迷，我希望他们在崇拜偶像的同时能够有所长进，

画李志清

志清老師 青霞 2022

所以在学习的道路上会让他们一起参与，我学京剧会一句一句地教他们唱；文章发表了，会让他们写读后感，我再一篇篇回应；我学画画，会让他们画一张我的画像，我再回赠一张他们的画像，至今已经画了六七十幅。群里有些写手，也有些画手，都非常有水平。有位群友的爸爸过中国年，画了只老虎传上来，我惊为天人，从来没见过这么有气质的老虎，我们也互相交换了人像。有位小女孩才十四岁，琴棋书画才艺纵横非常了得。有之前学美术丢下画笔又重新拾起的。有从来没学过画画的也开始一笔一笔地描了起来。

香港疫情严重，我和老师改用微信视讯上课，我会把之前画的玫瑰和人像传给志清老师，老师依据我的画指出需要改进的地方，有时也会重画一遍给我看，这是高科技带来的好处和便利。

弱弱地说一句，我在自家范围内画人像还挺受欢迎的，不只"爱林泉"、我的女朋友，还有我家的女会计，更重要的是连我老师都跟我要画像欸，并且被画的人都很喜欢。这是多么大的奖励啊！

我目前有个小小的愿望，希望能找个没人认识我的地方摆画摊，只收五元美金。想起那年带女儿去美国洛杉矶环球片场，场内有个画摊，画一张收五元美金，那个年轻人给我和女儿们各画一张，画得又没神韵又不像，我感觉我能画得比他好。金圣华听说我想摆地摊，提议我到巴黎圣心大教堂前摆，她说要摆就在那儿摆才有意思，我心中暗想，这个愿望应该不难达到吧？最多不收费喽。江青告诉我当今两大画家，一个陈丹青，一个艾未未，年轻的时候都在纽约西区（West Village）街角帮路人画过肖像，大概一张十五元美金。她常去那儿找他们。

二○二二年的元旦，大家都在等倒数计时，餐桌上的话题已聊尽，我即场叫侍应拿来纸笔画朋友的头像，拿来的却是小张的便条纸，也好，就小小画一张。眼见朋友们看到画，脸上绽放的笑容，满心欢喜地把画放进手机壳里。在带给别人快乐的同时自己也得到满足感，这正是我想要的。

志清老师看了我画的"爱林泉"人像倍加赞赏，提议我将来出一本《百张人物画像》，他的夸奖和鼓励更令我增加了兴趣和信心，就让我的手臂飞扬起来吧！

二○二二年五月

画"爱林泉"小朋友

欧游惊魂记

一九八九年春末，朋友约我去欧洲自助旅行，她打听清楚只要买张二十二天的火车票（Euro Pass），二十二天内可以自由上下火车一个国家一个国家地玩。我刚拍完了香港接的戏，正打包行李，准备退租回台湾，趁此空档旅行也好。她提议行李轻便，行程中不找朋友帮忙，不预先订酒店，不定回港日期，随走随玩。

　　我在香港全部家当就四个 Louis Vuitton 大行李箱，两个硬壳两个软壳，里面都是我的旧衣服，心想，到欧洲肯定要好好地 shopping 一番，不如带着行李箱一路丢旧衣服一路装新衣服。

　　我们每到一个国家都会把行李存放在火车站的 locker（储物柜）里面，然后轻装上阵到处游玩。但是上下火车还是得自己把箱子搬上搬下，每次赶上火车放好行李，都已经气喘如牛累得笑不出来，欧洲之行为了侍候那几个大箱子，破坏了整个行程的心情，Louis Vuitton 放在高高的行李架上非常惹眼，一路上还得担心碰到歹徒。

　　唯一订的酒店是在第一站威尼斯，火车到站已是深夜，整个火车站就剩 Louis Vuitton 和我们两人，因为火车误点酒店车早就不见了，我们站在行李边傻眼了。忽而听到远处传来笑闹声，我让朋友守着行李，自己寻着声音前去。河岸边一排酒吧，许多年轻人在街边饮酒，他们也是游客，提议我到码头找 taxi，这才知道那里的 taxi 是船。我摸索着去码头，找到唯一的一条船。威尼斯晚上很静，街上没人，路灯也不亮，下了船得走很长一条路才到酒店，还好司机肯搬行李，要不这几个没有轮子的大行李箱我们俩怎么扛。好不容易到了酒店，柜台说我们太晚到，房间已让出了，暂时没房间，建议我们住另一个地方。我们一路摸黑下了许多层楼梯，总算进了房间，我第一个反应是大叫："No window!"（没有窗户）朋友劝我别叫了，先待一晚明天再换，一会儿连 no window 的都没了，我坐在床上环顾四面密不透风的高墙，心想这处以前一定是牢房。

有一天在火车上过夜，车厢里的小房间左右各一条座椅，我占一条她占一条，两人累得昏睡过去，半夜里迷迷糊糊睁开眼睛吓一跳，我座椅另一头坐着一个瘦干巴的黑人。早上醒来黑人不见了，朋友说她看到警察把他扣上手铐带走了。

摄于威尼斯

我们每到一个新地方，存好了行李必定先出去拍拍照，到处游玩，傍晚再找住处。到了德国法兰克福，一路玩一路找酒店，每家酒店都客满，我们一筹莫展地走在巷道里，眼看着已近黄昏。我见不远处有两个东方男人，边走边聊地朝我这个方向走来，我想这会儿不得不露大脸了，或许他们认得我可以帮帮忙。我微笑地向他们走去，他们真认出我来了，也很热心，全靠他们才找到了房间。

二十二天里跑了许多国家，自助旅行的最后一站是荷兰的阿姆斯特丹，我们存好行李在附近找了一家大概没有星级的酒店，感觉有点不安全，贵重物品也不敢放嵌在墙上的破保险箱。很久没吃中餐了，在酒店附近河岸边找到一家中国餐馆，一人先叫一大碗酸辣汤，两人喝得津津有味。老板娘认出我，过来说话，提醒我们要注意安全，告诉我们附近治安很差，扒手、强盗横行，要我们顾好包包，吓得我们吃完晚饭即刻回酒店，哪儿也不敢去。第二天准备去划船，心想先把护照和贵重物品放在火车站的locker里会安全点，这样可以轻松大胆地游山玩水。在储物房的小空间里，我们打开之前租的locker正想放东西，朋友叫我动作快点，说有两个人贼眉贼眼地在盯着我们看，我回头望，真是呢！吓得我匆匆把东西放进去，门一关就走。那两人紧紧跟在我们后面，朋友说她看过一部电影，如有坏人跟踪，猛地一转身，就可把人吓跑，她冷不防的一个大转身，那两人贴得太近，差点鼻子碰鼻子，他们一时没防备抱头鼠窜。但如此一来我们玩兴大受影响，我一路嘀咕着刚才慌忙中也没试试门锁上了没有。朋友见我不放心，向附近路人打听，那人说每开一次都得再加铜板，否则就锁不上，我俩脸色一变，二话不说就往回狂奔，柜里可是存着我们的护照、珠宝和现金。到了存放行李处，远远见到我的柜门真的松开一条缝，我担心地从细缝往里望，松了一大口气，包包还在，即刻放入铜板重新锁上。

我们两人划着小船，两岸风光旖旎，却无心欣赏，感觉身处险境，当下决定提早回程，离开这个恐怖的地方。我们心惊胆战地回到火车站，走着走着，前面两个人突然回头，大眼瞪着我们，妈呀！吓死！就是之前那两个贼，他认得我们，学我朋友之前吓他们的方法吓回我们。

欧洲二十二天虽说走了许多国家，光搬运行李上下火车，再存取行李进出火车站，疲于奔命提心吊胆的，实在没尝到旅游的滋味。

这趟所谓的自助旅行，对我们来说无疑是一场惊魂记。事隔三十三年，印象最深刻的就是这几件惊心动魄的事。但我也没有后悔过，这到底是人生难得的经验。

二〇二二年六月

胆大包天

"嘎嘎嘎嘎嘎！"每次对着墙上当眼处四个大大的毛笔字"胆大包天"就情不自禁地大笑。

对京戏一无所知，从来没有接触过，缘分来自一次偶遇。

前年有一晚在香港上海总会吃完晚餐，下了电梯，一眼望见一九六一年电影《星星·月亮·太阳》里象征月亮的葛兰，葛兰姊八十多了，还是有星光，我像影迷样地上前要求合照，葛兰姊一看是我，亲切大方地说："好啊！青霞！"就微笑地站在我旁边。照片传给汪曼玲，原来阿汪跟她很熟，说下次约我们一起吃饭。第一次跟葛兰姊吃饭是她八十七岁的生日宴，阿汪请我、甄珍和姚炜一起为她祝寿。四个电影明星站在一起，还是年纪最大的葛兰姊最有魅力、最迷人。她大卷大卷的波浪过耳短发，脸上一副眼镜配着红唇，耳上的红宝石和手指的红宝戒指衬得典雅而不夸张。一件黑色柔软的短风衣，贴近时尚得来含蓄。席间听葛兰姊说她常在上海总会票戏，我顺口说我也想学，她眼睛一亮，嗓音清亮地说："我教你！你想学青衣、花旦、小生或老生？"倒是一时把我问住了，我胡乱答了一句："青衣吧。"其实我也不知道唱什么好，主要是想跟葛兰凑个热闹罢了。

一个星期五打电话约葛兰姊喝茶，她说在家上京剧课，我要求去参观，她欣然同意。对葛兰我是非常有好奇心的。她年轻时嫁入豪门，家住山顶。车子开进她家大门，眼前一栋几层楼高的旧式洋楼，踏上古色古香的电梯，停在她住的那层楼，地方又大又宽敞。走过长廊，长廊尽头有一客厅，京剧老师正拉着胡琴，葛兰姊站在立着的麦克风前唱戏，唱的是老生，虽然年过八十，中气十足。

我环顾四周，家里的摆设还保有五六十年代的情调，窗外骄阳透过蕾丝窗帘射进窗里的绿色盆栽，意趣盎然。工人把滚烫的茶杯放在茶垫上，我一看那些茶垫是五十年代的明星大头相，仔细看有张扬、乔宏、雷震、林翠、叶枫、葛兰、尤敏，都是我小时候看过的电影里闪亮的巨星。这么有纪念价值的东西给茶杯随意地往上一盖，我于心不忍地把杯子拿起来，那美丽的脸蛋上点点水滴，似汗又像泪的我见犹怜，赶快把它擦擦干净放在旁边。吃一口热茶，耳畔胡琴声配合着葛兰姊唱的戏，别有一番韵味。

葛兰家的粉红墙

我一边听着一边目光扫向墙壁，所有的墙前面都被木头玻璃柜遮住了，柜子里全是中国古董瓷器，这让我想起土耳其作家帕慕克小时候住的地方。也是一栋大厦，亲戚们一户人家住一层，每家客厅里的墙前一定有木制玻璃柜，里面锁着中国瓷器，永远不打开的。

葛兰姊的先生必定是非常以她为荣，有一面弧形粉红墙，挂满了葛兰姊最美丽的明星照，天花板连着墙壁的转弯处画上一盏黑色的水晶灯，画上缀着串串珠链，别有一番旖旎艳丽之感。

胡琴和歌声停止了，葛兰姊跟我介绍老师，让我试唱一段《苏三起解》说以后我可以跟他学，她说老师会到我家去教。原来不是跟葛兰姊学，得自己单独学唱。也好，我即刻拜师，每星期唱两小时。第一堂课就唱得有板有眼，老师直夸我学得快，于是兴趣大增，晚晚夜半歌声："言说苏三把命断，来生变犬马我当报还……"朋友说，你这不是吓人吗？

熟悉京戏的朋友贾安宜提议我唱《三家店》，这首是男起解，老生，她传了冯冠博唱的视频给我，第一次听就喜欢上了，好动人，立刻学起来，天天背词儿，重复看和听于魁智的《三家店》，两三堂课就朗朗上口，我和老师都很高兴。朋友听说我学戏，想听听，没等他们把话说完我已经摆好架势"将身儿，来至在大街口，尊一声过往的宾朋，听从头……"唱将起来。

有一次金圣华请金耀基校长夫妇和雷兆辉、赵夏瀛医生夫妇吃饭，席中又谈到我学京戏的事。他们还没说完请我唱一段的话，我已起身唱起《三家店》。一唱完金校长即刻声音洪亮大喊："胆大包天！"唱者和听者都开心地鼓掌大笑。

曾经写过一篇文章《演回自己》，主要是说我演过一百部戏，最难演的角色是自己。最近突然发觉不难演了，因为接受了自己不是完美的人，不一定要做完美的事，只要能令到他人开心，自己偶尔出个小洋相也无所谓，所以见人时便勇于唱我那不完美的京戏。这还不够，老师上课为我录的音，我发给许多亲朋好友听，朋友笑死。秦祥林初听以为是他读复兴剧校的同学唱的，后来发觉是我，笑得不行，连开车时想起来还忍不住笑。甄珍原先以为是哪个名角儿唱的，听出是我的声音，笑得差点岔了气。胡锦是

葛兰与我

科班出身，一心希望中国国粹京剧可以留传下去，给了我很多指点和宝贵的意见，仿佛是要让我扛下这重责大任似的……

学一样新事物并且知道在进步中，让人感觉兴奋和年轻，但我得先找听众练胆子，有一天我约了金圣华、董桥夫妇和金耀基夫妇吃饭。打算饭后逼他们听我唱戏，心想就两出不够，再学一首《四郎探母》才够本。《四郎探母》节奏快，词儿又多，非常难唱，老师对我有信心，说我一定做得到。一个月内，在我日唱夜唱的恶补下，勉强拿得出手，请客前一晚我穿好衣服，站在客厅一直练唱到凌晨五点。二〇二一年十一月二十三日饭前宾客手机上已收到我传去的歌词，饭后范文硕老师拉胡琴，太太弹月琴，我先来一段最拿手的《三家店》，接着唱《四郎探母·坐宫》，我唱驸马杨四郎，师母周勤唱公主，最后我独唱青衣《苏三起解》，唱完大家鼓掌叫好，金校长又有金句："零瑕疵！零瑕疵！"随后精灵地开玩笑："虽然我们被迫做听众，但是我们很乐意。"这时我已全身瘫软在沙发上。

金校长知道我是慕他书法之名求见，要送我一幅字，我说我喜欢"胆大包天"四个字。校长几天就写好交给我，张叔平帮我裱好挂在饭厅墙上，除了"胆大包天"，左边有一些小字——

"辛丑年九月金圣华设宴于上海总会专房，主人外，女士三，男士二，不逾规则，疫情期间有今世何世之感，一举杯，已是人生。三杯之后，林青霞兴起，清唱京剧老生、花旦，难度高，如攀峰越岭。语声刚落，我不禁叫了声胆大包天而满座欢动。盖青霞艺高胆大，虽系初学，却展现了东方不败那份超级自信之气派。青霞以为我喊'胆大包天'一刻，大家笑得不得了，那一刻是我们大家最美好的记忆，故嘱我书之，以为留念。这是我认为林青霞活得有人生境界。"

金耀基校长曾经说过一句话"当下就是永久"，我非常欣赏，称之为金句。他声如洪钟的"胆大包天"，哄堂的哈哈笑声，当下的所见、所遇、所感、所悟，经他书写下来已成永久。

二〇二一年十二月二日

（左起）董桥太太、我、董桥、金耀基校长夫人、金耀基校长和金圣华

一盏孤灯

在印度尼西亚的海上飘荡了一个多月没靠过岸，我不潜水，又怕晒出黑斑，只偶尔在接近黄昏时才下海游泳。每天数星星、望月亮、捕捉晚霞美丽的倩影，夜晚餐后到甲板的长桌上画人像素描、写写文章，即使晚晚到天亮，我也乐此不疲。

印度尼西亚正值酷暑，天气燥热，我下午多数在船舱里。一个午后，见女儿和工作人员，拿着大包小包的零食往外冲，我好奇地跟了出去。原来游艇离岸边很近，眼前的巨石上站着许多穿着鲜艳汗衫和短裤的孩子，正专注地往我们这边张望，女儿和孙女们搭着小船把几大袋的零食送上。孩子们见船上来人是友善的，都把身上的汗衫脱下，扬在空中唱起歌来。不一会儿工夫，"咚！咚！咚！"巨石上的孩子，像下饺子一样，一个个往水里跳，眼前的海水冒着一颗颗黑色的小脑袋，我即刻找手机把这震撼我的画面拍下来。

小脑袋冒出水面，爬满游艇的梯子，个个都兴奋地傻笑，大眼珠子巴巴地望着我，由于言语不通，为了表示善意，我又回船舱去搜刮一些吃的给他们。

夜晚，甲板上，我跟导游打听附近村子的事，他说："你看对面海岸边那盏孤灯，这是村子里唯一的一盏会亮的灯，电路坏了，整个村子都没有电，政府无暇管。已经五年了，就算有人想帮忙，也要经过很多部门批准，所以作罢。"村民的主食是玉米，他们捕鱼、织布、种农作物赖以维生，这些东西拿到镇上去卖，得到的钱多数买了米和面粉。至于收入，如果幸运的话一星期有三十五元美金，一般是十八至二十五元，有时整个月都没收入。我讶异地说："那怎么过日子？"导游不以为然地说："Well，他们没什么花费，吃饱肚子是可以的，一年四季都是夏天，一个人只要三件衣服就够了。"我难以置信地问："如果没有电，应该是没有抽水马桶、没有手机、没有电脑、没有电视……那他们晚上做什么？"导游笑一笑："聊天吧。"后来我打听到，晚上男的织网，女的织布。

我决定第二天上岸去看看，再过一日要开船去别的地方，如果不去就没有机会了。我把船长手上所有的印度尼西亚钱都换了来。

印度尼西亚村落的小朋友与我，前排左二为村长女儿

小船靠岸，有一两个小孩热心地过来帮忙拉船，我从装满印度尼西亚钞的口袋抽出几张给他们，我是刻意找机会让他们有收入，他们愣了一下，显然之前不曾遇到过这样的情况，导游还小声交代他们别说出去。这里不是旅游区，他们很少见到外地来的人，也不会像有些旅游城市的小孩子，想尽办法伸手乞讨。

女儿跟我一起上岸，她们提议我在电这方面尽一下力。村长领我们去一个屋子，整间屋子放满了土黄色像汽油桶一样的东西，这是供应电用的，他说这个坏了，修理需要一笔大数目，但必须通过很多手续才能做成这件事。我心想，明天我们就要离开了，这也不是即刻能办得到的事。村长看得出我在想什么，说能有人关心，他已经很高兴了。

小村的街道干干净净，没怎么见到垃圾，即使没有抽水马桶，在酷热的天气下也闻不到异味。我见到三四岁的小男孩光着身子满街溜达着玩，在屋角和树下偶尔穿梭着小黑猪和几只鸡，有位老先生在门前做木工，旁边的妇人正专心地把玉米捣碎，我停下来跟他们闲话家常，老人家一脸祥和地说他的木工是做着玩的，妇人捣碎的玉米是他们主要的粮食。走着走着看到前面一个动人画面，一位美丽的女子正坐在矮墙上喂奶，身旁依偎着五六岁的邻家小女孩。那名女子才十九岁，光着脚丫子，我把我大花袋子里的白色凉鞋给了她，我注意到除了村长，这里几乎没有人穿鞋子。不远处有个教堂，五百多人的村落，有一半人信教，星期日就在教堂做礼拜。村长的小女儿坐在阶梯上，上衣和裤子颜色鲜艳，两种不同的花色搭配在一起，却一点也不俗气，她头发往上梳，样子俏丽。女孩都是爱美的，我把包里的珠珠发夹送给她，她夹在头顶上，像个小皇冠，村长见我喜欢她，跟我女儿说，让你妈把她带走吧。后来知道那天她过九岁生日，礼物还送对了。

我对村民的住所很感兴趣，要求参观他们的房子。这里人住的都是平房，掀开一家人门口的布帘，一名妇人背对着我们正在织布，我奇怪她怎能在没有光线的角落工作，我们几个帮她把织布机拉到有太阳光的地方。旁边有两个小房间，一张有床，被褥凌乱，是他们夫妻的卧室，另一个放玉米秆的房间，没有床，她儿子睡地下。这间房子，除了有织布机，可以说是家徒四壁。

接着我们又参观一个较大的住宅。房间里有一个小小的旧衣柜，家中有椅子，有暖水瓶，还有土灶子，有个小阁楼堆满了玉米秆，据说是煮食生火用的，相比之下这家算是富裕的了。

我有了一个新发现，这是以前从来没听过没见过的。有的人家，大门口迎面建立一座或两座长方形像是大理石做的棺墓，设计得简单素净，有米白色，有黑色，看起来很有品位，孩子们都坐在平滑的棺墓上面玩耍。这是村民的习俗，他们相信逝者会保护家人。导游说他们住得好不好无所谓，但棺墓一定要好。

村里唯一的学校，有三间教室，一年级一班，只有三个年级。

我身后跟着一大堆看热闹的小朋友，我把他们都请到课室，要他们再唱一次昨天在大石上唱的歌，那是当地的情歌，他们唱得非常热情。唱一首生日快乐歌，我说，大家毫不扭捏地大声唱起印度尼西亚文的生日歌，又跟我一起对着村长女儿唱英文生日歌，村长女儿既兴奋又害羞，孩子们个个单纯可爱。我把前一天晚上换来的钞票一人发一张，给了他们一个意想不到的下午。拍大合照的时候，他们不约而同地把手上那张纸钞，对着镜头飞舞，脸上洋溢着喜悦的笑容。儿时我在乡下曾经幻想过，如果有个明星来到村子里送礼物该有多好。小岛上的孩子们代我实现了这个梦想。

临上船前，又见一大堆妇女聚集在树荫下，最前面的一排桌子，后面坐着几个穿着整齐的男人，像是在开大会。打听之下，原来是外来的公益团体在教妇女们如何织纱笼（热带地区围在身上的布，手工织成），并教她们如何打理和经营小生意。我问，他们有得卖吗？村长很机灵，他收集了妇女手上织好的纱笼，几大布包背到船上让我们挑，我请船上所有的工作人员出来挑选，当是送给他们的礼物，我和女儿们也夹在中间兴高采烈地抢购，以解很久没有shopping之馋。那些妇女则在岸边兴奋得挥手嬉笑。付完账，剩下的印度尼西亚币请村长代我捐给教堂。这个下午，见到许多人发自内心的愉悦，最开心的是我自己。

这个村子的人如此安居乐业，我猜想村长的功劳必定很大，他虽然生长在这原始的乡下，却不卑不亢，谦逊有礼。他跟我说，他高中毕业就没有经济能力升学，村长一做十几年，待做满十五年就必须退休了。

回到了香港，即刻住进隔离酒店隔离七天，脑子里仍然充溢着小岛风光。窗外高楼林立，由窗口往下看，全是世界名牌服饰店。数了数眼前的大厦，从左到右共有六座，要找一找才能看到小片小片被高楼切割的天空。回想在海上的那些日子，只要一抬头，便可见无边的天空。在繁荣先进的大都会，到了太阳、月亮交接的魔幻时刻，见到的不是七彩霞光，而是每扇窗口渐次点亮的灯。我经常对着窗外的办公大楼，思索着远方海岛上那一盏孤灯和此地万丈红尘中的碎片天空。

我眼前的都市丛林高耸入云，每一层都有许多人在营营役役地对着电脑辛勤工作。这样层层叠叠直通天庭，那么多人与事，每一个人，每一件事都少不了用电。我心想，如果只有一盏灯的电力，怕是一天都过不下去。

回想我去过的那个村子，脚踩大地，头顶天空，衣服三件，自给自足，没有电力，日子照过。或许他们永远也无法想象都市人如何过生活，都市人也不能想象如他们那般过日子。

同在一个地球，人们的生活仿佛来自两个不同的世界。我会记得，在那盏孤灯的牵引下与另一个世界的人交会过。

二〇二二年八月十二日

顽皮孩子倪匡

我和倪匡有数面之缘，几乎每次见面都留下深刻的印象。

八十年代初我来香港拍《新蜀山剑侠》，住在九龙的万豪酒店。有一天在大厅见到一位身穿鲜黄色西装上衣的男人和一名妙龄女子，从我身边走过，非常抢眼，一眼认出是倪匡，平日里阅人无数，敢穿鲜黄西装的男人我只见过这一次，他令我大开眼界。

正式跟倪匡见面是上亚洲电视清谈节目《今夜不设防》，主持人是黄霑、倪匡和蔡澜，他们三人一边喝着白兰地一边跟我聊天，平常我接受访问都好紧张，那次不同，他们轻松我也轻松，结果出奇的好。转瞬间已是四十年前的事了，清楚记得那晚我穿的是黑色露肩露背连身上衣，下着黑长裤，外面罩着内层黑色外层墨绿的长大衣，走进摄影棚时，倪匡手握酒杯像个顽皮又好奇的小男生，一直盯着我那件大衣，自言自语："这件大衣怎么这么漂亮？在哪里找的？真是啊……"黄霑忙着跟我说明一会儿要怎么拍摄，蔡澜对倪匡的问题不感兴趣，任得倪匡在旁边一再重复那几句话，让我感觉又好笑，又可爱。

也是八十年代，我跟汤兰花在一起，不记得我和黄霑谁约谁，黄霑说要带倪匡来，那当然不是问题，我们坐着黄霑开的车，下了车他潇洒地把车泊在大街上禁止停车的地方，就带我们到酒吧喝酒。现在想想这个组合也很奇怪，兰花跟他们两人不认识，我跟倪匡也不熟，而我们俩都没看过倪匡的书，所以没什么话题，黄霑喝了酒只是拼命地说"林青霞真是漂亮"，倪匡坚持自己的看法"我觉得汤兰花漂亮"，两人僵持不下，谁也不让谁，我跟兰花尴尬地指着对方"当然是她漂亮"，其他还说了些什么一点印象也没有。

二〇〇六年十月八号，马家辉和太太林美枝（张家瑜）约我去半岛喝茶，说有倪匡夫妇，我那会儿刚开始写作，一听大师在，赶忙带着我写的几篇文章去跟他讨教。距离上次酒吧见面已经相隔了二十多年，他穿着舒适低调，跟我在万豪酒店见到的他判若两人。他慈眉善目、沉着稳重，一见到他我就问，记不记得跟兰花、黄霑喝酒的事，事隔多年他竟然记得，并且说两个都是大美女，黄霑只夸一个怎么行，我一定要这么讲。

半岛那天张大春夫妇也在座，马家辉、张大春话题不断，一

倪匡 与我

（前排左起）我、倪匡
（后排左起）马家辉、张大春

直聊到天色暗下来，侍应将蜡烛点上。机不可失，临走前我拿出一叠手写稿件请倪匡指点，原以为他会大略翻一翻便给我些意见，没想到他和倪太太都很认真地一张张看。我见光线不够，把桌上的蜡烛拿在手上对着稿件，他们就靠着微弱的烛光，把文章从头看到尾。我真是非常感动。倪大哥抬起头来清了清喉咙说道："文章只有两种，一种好看，一种不好看。"我紧张地望着他："那我这是？"他说："好看！"我顿时松了一口气笑出声来。

倪大哥从旧金山搬回香港定居，《明报月刊》老总潘耀明设宴款待，席间还有施南生、金圣华。《明报月刊》期期稿挤，那时候我的文章写得短，就把我的文字密密麻麻地挤在一页，倪匡一坐下来就帮我跟潘总争取页数，无论如何要他给我两页以上，拜倪匡之赐从此再没有一页过。

听倪匡说话真是一大乐事，他常幽自己的默，生活上一些并不好笑的琐事，经他一说就变得十分有趣，他说有次接到借贷公司的电话问他要不要借钱，他干脆跟人家聊起天来，问人家借了钱要不要还，借以后能做什么用，如此这般在电话里跟人家扯上十几二十分钟，搞得对方挺不住了，反倒匆匆挂了电话。回港后住的房子面积较小，他却打趣地说房子小才好，跌倒了很容易扶到墙，这便是他的人生观，别人觉得不堪的事，在他件件都化为生活的情趣。

潘耀明请我们吃饭的中餐厅利苑在 IFC 大楼，洗手间跟隔壁的日本餐厅共享，要转几个通道才到。餐后侍应带倪匡去洗手间，我们一班人在大楼走道上等，等了很久很久才见他一脸茫然地走出来，像个迷路的孩子，说他怎么也找不到回来的路，施南生也像哄孩子一样，赶紧说："没关系，没关系。"这两天看到报道才知道，他是极没有方向感的人，连戴的手表都需要有指南针。

后来，倪太太患上认知障碍症，倪匡疼惜地说，她变得像少女，好可爱。倪太一天会问他好多次"今天星期几"，他干脆说"星期八"，倪太终于不再问了，天真地说"那明天是星期九"，这两个人像是又回到了年少时代。

《今夜不设防》三个主持人走了两个，二〇〇四年黄霑的追思会在大球场，蔡澜去鞠躬，虽然黄霑生前说过，他的追思会大家不准哭，一定要开心地哈哈大笑，那天蔡澜还是一脸悲伤，情绪非常激动。倪匡走了，江青知道蔡澜一定很难过，写信安慰他，感叹人生无常，希望他保重。原来倪匡跟蔡澜早已有了协议，就是时候到了对方走的话，不准流泪。

记得《明报月刊》有篇文章，说倪匡、三毛、古龙有过生死之约，就是三人之中如有一人去世，一定要告诉其他二人，另一个世界是怎么回事。结果古龙走了，没有一点信息；三毛走了，也没消息；最后只剩倪匡，他一直没有收到他们二人传递给他的任何蛛丝马迹。现在倪匡也随他们二人而去。相信以倪匡随遇而安、乐观顽皮的性格，不管在哪个世界都是好玩的。

在我眼里倪匡是单纯的、善良的、充满好奇心的人，他脸上永远挂着笑容，像个带给人间快乐的顽皮孩子。

二〇二二年七月

印度尼西亚的天空

玫瑰的故事

我不是个爱花的女人，一生中收到过不少花，却从来没有认真地好好嗅过。

　　最近大女儿从外面捧回一束各种各样的玫瑰花，一定要我闻。我为了捧她场，认真地闻了一下，第一次闻到玫瑰的香味，每一朵花的香都不同，非常惊讶。

　　原来女儿们去了玫瑰园，花园男主人带领参观，并送了许多美丽的花朵给她们。花园开放不收门票，不问来者何人又亲自招待，拿走花朵还不收费，这倒没见过。我非常好奇，餐桌上先生见我问题多多，发表高见："这有什么稀奇？种花就是给人欣赏的，就像你写文章，不也是希望给读者阅读的吗？"我心想这男主人一定有故事，见了那些不同品种芬芳美丽的玫瑰花，我也想去见识见识，小女儿揶揄地说："你还不是想去找写作材料。"二女儿开玩笑地说："你该不会嫁给他吧？"

　　第二天祖孙三代浩浩荡荡地去了玫瑰园，下了车迎面走来一个瘦瘦的男子，一头多而乱的银灰色短发，细蓝条衬衫，外罩蓝色套头便衣，上衣和裤子沾满了黄土，手上拿着一把利剪。他斯文有礼，气质独特，完全不像之前见过的地道农民。他腼腆地招呼我们参观他的花园，五月的澳大利亚已有秋意，树上的花朵儿乎落尽，有些枝头上还是残留着各种不同颜色、不同形状的玫瑰。每种花都有自己的味道，自己的风采，花名也取得好。那朵叫 Children's rose（孩子的玫瑰）的浅粉紫玫瑰特别芳香，那朵奶白色边缘洇着浅粉红的叫 Mother's love（母亲的爱），渗出淡淡的香味。我最喜欢的是 Soul sister（灵魂姊妹），它的颜色很独特，是 Cappuccino 色，不过没有什么香味，以前还以为玫瑰是以色分类的呢。

玫瑰园有一千六百五十棵玫瑰树，男主人二十年前接手的时候才两百多棵，他爱玫瑰，只种玫瑰，这么多树就只是他一个人照顾。他数十年前从爱尔兰移民到澳大利亚，三个女儿和他口中的"半个老婆"都对种花没兴趣。园里有栋老房子，我想大概是他的住所，从外面望过去看到架子上凌乱地摆着一些书，交谈中知道他生活简朴，不多花费，有一次去城里探望女儿，趁机出去逛了一圈，却什么也没买，只买了五十盆玫瑰。听说他太太是韩

画老王子

国人，问他为什么是"半个老婆"，见他神情黯淡，欲言又止，我赶快转话题。园里花树错错落落不是很整齐，任它自由生长，每当我赞叹花朵的美丽和芳香，男主人利剪"咔嚓"一声，那朵花的主人便是我了，逛完一圈，我手上的花已抓不住。园里有铁架做的拱门，夏天拱门上爬满玫瑰时也有新娘子来拍照。有几张供人坐着欣赏花朵的木椅，那天有一棵像是巨伞的玫瑰树，树顶还开满了朵朵玫瑰，几乎可以遮阴，看了让人心花怒放。

原来他也卖玫瑰盆栽的，我们选了很多园里最美、最香、最喜欢的盆栽，总共才两百五十元澳币，女儿给他三百元，他执意不肯多拿那五十元。

我满心欢喜地捧着花回去，把茶杯、酒杯、水杯和小瓷罐都找出来当花瓶，大大小小、高高矮矮地摆在我临时的小圆书桌上，像个小花园。午后金黄色的阳光斜斜地映照在花朵上，我的玫瑰欣然迎着阳光，仿佛向它诉说："是的，我知道我很美丽。"原来玫瑰的寿命这么短，最多才七天，有的只能活一天，如此的凄艳动人，我把握时间在它最好的时刻拍下来、画下来，企图把那个当下变成永久。但是你可能不知道，玫瑰树的寿命居然有五十年。

以前人家问我喜欢什么花，我总是不确定地说粉红色的牡丹，其实对牡丹也没什么研究，现在我可以非常肯定地说我喜欢玫瑰。仔细了解一下，原来香水大部分是玫瑰花研制的，玫瑰除了可以泡茶喝，可万万没想到它也可以做成药，治头痛、眼痛、耳痛、嘴痛各种痛症。

说到玫瑰，让我想到法国作家圣－埃克苏佩里写的《小王子》，小王子的玫瑰躲着人梳妆打扮好多天，出来了还要轻声细语地说自己蓬头散发的和太阳同时诞生，它虚荣多疑又骄傲，当它知道小王子要远行，主动承认爱上了小王子，知道留不住他，也大方地祝他幸福。这段描述把玫瑰写活了。

拿破仑的妻子约瑟芬也只钟情玫瑰，她在法国南部的梅尔梅森城堡中建立了一座宏伟的玫瑰园，种植了两百五十种，三万多棵珍贵的玫瑰。据说在英法战争期间，约瑟芬甚至为一位伦敦的园艺家搞了个特别护照，要他穿过战争防线，定期将新的英国玫瑰品种带到法国来，也许是出于对皇后爱好花朵的尊敬，英法舰队也曾停止海战，让运送玫瑰的船通行。

比起园艺家栽种的、花店里朵朵完美的玫瑰，我还是欣赏小王子的野玫瑰，我喜欢野生、自然成长的花，总感觉太多修饰反而不美了。玫瑰园的花，朵朵都是独一无二的，生动得仿佛是在跟你对话。

《红楼梦》里的大观园姊妹们在中秋节赏月，吃大闸蟹时欣赏菊花，大家作诗咏菊，热闹得不得了。张大千、黄永玉喜欢画荷花。国画也常有人画牡丹，很少看到画玫瑰的。我愿意做一个只画玫瑰花的人。中国自古以来多少诗篇，写玫瑰的却不多，欧美诗集倒经常有玫瑰的影子，或许玫瑰代表的是浪漫吧。

第二次去玫瑰园，带着笔记本专程去访问男主人。他说自己年纪大了，希望有一位跟他一样的爱花人能够接手这个园子。他神情有一点哀愁，身影有一点孤独，但拿着利剪行走在花丛中却是步履轻盈的。他是个有情人，园里有些树是纪念他逝去的朋友。我和他生于不同的国家，有着不同的文化背景，聊起来竟然有一个共同点，都是喜欢付出和给予而令到他人开心的人。

头角峥嵘

我问他怎么看自己，他只有一句话："I'm a humble old rose grower."（我是个呵护玫瑰的谦卑老人）。

在澳大利亚，五点多，天已经暗下来，我上了车，他孤立在车旁，关门前，我瞥见一弯新月高挂在树梢，忍不住惊呼："你看！月亮多美！"车子慢慢启动，我回身望着一头银色乱发的玫瑰呵护者，愣愣地想着，如果小王子当年没有从地球回到那颗拥有一朵玫瑰花的星球，多年以后的现在，会不会就是他这个样子。

后记

两个月的澳大利亚之旅，我完成了四篇文章，《玫瑰的故事》是其中一篇。在离开澳大利亚前，朋友问我，要不要去跟老王子（这是我给呵护玫瑰的谦卑老人取的外号）道个别？我欣然同意。

香港地区是夏天，澳大利亚正好相反，天气开始凉了，我带了一条之前跟张叔平一起设计的羊毛围巾、一张我画老王子手里拿着黄玫瑰的画像送给他。花园里的花更加凋零了，忽见两朵黄玫瑰在树顶上生动地互相辉映着，我眼睛发亮直呼好看，老王子走进满是花刺的枝芽里攀高剪下，这才发现他的衣服都是破洞。园子的尽头是一塘美丽的湖水，湖前还有一小块空地，老王子说他没有力气种了，希望另有爱花人接着种。

我把写好的文章读给老王子听，天色渐晚，他提议上我们的车子继续读。读到"半个老婆"时，他开玩笑地说半个老婆已经变成"四分之一"了，他说女儿虽然不种花但喜欢画玫瑰，老王子强调他的玫瑰不是野生的，是自然成长的。

天黑了，我们互道珍重。他下了车，天空没有星星也没有月亮，我不忍回望黑暗中的老王子。

在车上我心里沉甸甸的，回到住所静静地把花插上，坐进沙发，手托腮对着那两朵黄玫瑰发呆，自己也搞不清这是个什么情绪，金圣华说可能是你把敏锐的感觉释放了，写作就是需要这个。哦，确实，这几十年在生活中领略到太敏感就容易受伤，所以许多时候我会封起敏锐的神经。这会儿或许是被老王子散发出的磁场感动了吧？

在印度尼西亚巴厘岛的船上，我沉浸在大自然的千变万化中，突然明白了为什么我有那样的情绪，是心疼。就像我心疼日本作家太宰治一样，太宰治是那么的忧郁，那么的有才华，那么的自嘲自省，就连生而为人都感到抱歉。

　　老王子说十一月是玫瑰花最盛开的季节，希望我能看到，也欢迎我到园子里画花。

　　　　　　　　　　　　　　　　二〇二二年五月

　　　　　初稿完成于澳大利亚，定稿于印度尼西亚巴厘岛

北京版权保护中心图书合同登记号：01-2022-6809

图书在版编目(CIP)数据

青霞小品 / 林青霞著 . -- 北京：北京日报出版社 ,2023.2
ISBN 978-7-5477-4425-3

Ⅰ . ①青… Ⅱ . ①林… Ⅲ . ①散文集－中国－当代
Ⅳ . ① I267

中国版本图书馆 CIP 数据核字 (2022) 第 211091 号

责任编辑：姜程程
特约编辑：田南山
装帧设计：张叔平
制　　作：马志方

出版发行：北京日报出版社
地　　址：北京市东城区东单三条8-16号东方广场东配楼四层
邮　　编：100005
电　　话：发行部：（010）65255876
　　　　　总编室：（010）65252135
印　　刷：天津市银博印刷集团有限公司
经　　销：各地新华书店
版　　次：2023年2月第1版
　　　　　2023年2月第1次印刷
开　　本：710毫米×1000毫米　1/16
印　　张：16.75
字　　数：60千字
图　　片：51幅
定　　价：129.00元

绘 "花语"